菩提系列散文
之七

宝瓶菩提

林清玄

著

作家出版社

（京权）图字：01-2017-3116

图书在版编目（CIP）数据

宝瓶菩提 / 林清玄著 .—北京：作家出版社，2017.11
（林清玄菩提系列散文）
ISBN 978-7-5063-9449-9

Ⅰ.①宝… Ⅱ.①林… Ⅲ.①散文集—中国—当代 Ⅳ.① I267

中国版本图书馆 CIP 数据核字（2017）第 079919 号

本著作物经厦门墨客知识产权代理有限公司，由九歌出版社有
限公司授权作家出版社，在中国大陆出版、发行中文简体字版本。

宝瓶菩提

作　　者：林清玄
责任编辑：省登宇
助理编辑：张文剑
装帧设计：粉粉猫
出版发行：作家出版社
社　　址：北京农展馆南里 10 号　　邮　　编：100125
电话传真：86-10-65930756（出版发行部）
　　　　　86-10-65004079（总编室）
　　　　　86-10-65015116（邮购部）
E-mail:zuojia @ zuojia.net.cn
http://www.haozuojia.com（作家在线）
印　　刷：三河市北燕印装有限公司
成品尺寸：142×210
字　　数：150 千
印　　张：6
版　　次：2017 年 11 月第 1 版
印　　次：2017 年 11 月第 1 次印刷
ISBN 978-7-5063-9449-9
定　　价：35.00 元

目 录
CONTENTS

1

自 序

1

春日清晨，到山上去。

大树下的酢浆草长得格外肥美，草茎有两尺长，淡紫色的花正盛开，花梗也有两尺长。我轻轻把花和草拈起，摘了一大束，带回家洗净，横放在白瓷盘中当早餐吃。

当我把这一盘酢浆草端到窗前，看到温和的春日朝阳从窗格斜斜落下，我深呼吸一口，仿佛还闻见山间清凉流动的露气，然后我慢慢咀嚼酢浆草，品味它的小小酸楚，感觉到能闲逸无事地吃着如此特别的早餐，是一种不可言说的幸福。

一株株酢浆草，使我听见了清晨欢愉的鸟声，看到了大地丰富的色彩，品到露水濡草的香气，感受到阳光动人的温暖。

我看着用来盛装酢浆草的白瓷盘，想起这几个瓷盘是在新竹乡下的古董铺子里买的。它的造型和颜色都很奇特，是平底的椭圆形，滚着一圈极细的蓝线；它不是纯白色的，而是带着古玉一样的质感。

白瓷盘有一种说不出来的素雅之感，据卖给我的古董店老板说，那可能是民国初年读书人用的东西。

"读书人？"我听见这三个字吃一惊，因为我看不出这瓷盘与读书有什么关系。

"是呀！因为对有钱人来说，这瓷盘太粗糙了，土质不是很细，又没有花色。对俗人，这盘子又太细致了，不太有实用的价值。"古董店老板分析着说，"这盘子看起来也不像是装菜的，可能是装果子、供品或清玩的。你看，在盘子里放一些石头、植一株水仙，旁边写几个字，什么'岁朝清供''留得清白在人间'，不就是一幅很好的文人画吗？"

他转过头来对我说："我看你这么喜欢这几个盘子，又是一副读书人的样子，这盘子配你正好。你买了吧！人的一生难得碰上几次真正喜欢的东西，说不定你出去转一圈回来，这辈子就再也遇不到这几个盘子。"

"多少钱一个？"我小心地问。

"一个一百元好了。"老板的嘴角和眼里都带着笑说，"实在也难得有人看上这盘子。"

我简直不敢相信自己的耳朵，真是出乎意料的便宜。

2

我一直对陶瓷有偏爱，最精致的瓷与最粗糙的陶，都能使我感动。最好是像我手中的白瓷盘，不是高级到要供奉在博物馆里，而是可以拿到生活里来用；但它一点也不粗俗，只是放着观赏，也觉得它超越了实用的范围。

有某些时候，我喜欢瓷器犹胜过陶器，例如喝茶的时候，我不像一般品茶者爱用陶壶陶杯，而喜欢白得透明的瓷壶瓷杯，这样，喝茶的时候可以看到茶水黄金的颜色，也可以看到经过水还原的茶叶，在壶中舒缓伸展成墨绿色。有时光是看茶水的色泽，就感到要醉茶了。

如果要装一些有颜色的东西，我也喜欢瓷器，因为瓷器会把颜色反射出来，使我感受到人间的颜色是多么可贵。

人间的颜色确是珍贵而值得感恩的，例如把红萝卜、白萝卜、小黄瓜切成方形的长条，放在白瓷盘里，然后一条条拿起来吃，使我有一种明净清爽的感觉，生菜的甜美与颜色的鲜丽使我觉得这个世界是多么神奇。

例如放一个绿中微红的番茄、两个粉红的莲雾、一条金色的香蕉、几粒紫色的葡萄，颜色在里面汹涌不已，像是海潮轻轻拍打着沙岸，白瓷盘是那纯洁的绵长的沙滩。

例如把一些红色的榛果、米色的杏仁、褐色的核桃放在白瓷盘上，就觉得果实坚强的美并不逊于花。

例如在乡下买到土制的红豆丸、绿豆丸，红绿相间放在白瓷盘上，配着陈年的普洱茶，发现豆丸里还有三十年前用手揉搓的土味，茶香就好像飞越时空，转了一圈才和生命的许多颜色一起进入腹中。

白瓷盘不全是用来盛装食物，有几个我摆上河溪边捡到的石头，那原本毫不起眼的石头，洗净了自有动人之美，那种美，使我觉得随手捡来的石头也可以像宝石一样，以庄严之姿来供养如来。

还有一次，在田野里看到一棵野生的大理花，是深沉的枣红色，花朵非常硕大，我剪了两枝花带回来，放在白瓷盘上，从来没看过那么美的大理花，也不敢相信白色配枣红色有那么美。我坐在窗边看那两朵大理花，一直到黄昏的日照从木格窗斜着手伸进来抚摸着那花，才使我从叹息中醒来。

白瓷盘当然不是什么珍贵的古董，只是简单的民间器物，在古董收藏者的眼中是不值一文的，由于我可以看见那清净纯美的质地，就使它在平凡中自有尊贵之姿，并使任何东西都能呈显其本色，显得缤纷与优美。

3

从白瓷盘，我觉得生在这个时代、这个世界的我们，应该学习更深刻的谦卑与感恩。

我们住的这个地方，不管任何季节走进树林里去，都会发现到处充满生气勃勃的生命，草木吸收雨露、承受阳光，努力地生长；花朵握紧拳头，在风中奋斗，然后舒展开放；蝉在地底长期地蛰伏，用几年漫长的爬行，才能在枝头唱出短暂悠扬的歌；大鹰在山顶盘旋，小鸟在草树飞跃，候鸟则飞越长空，到不可知的遥远之地……

不管是什么生命，它们都有动人的颜色，即使是有毒的蛇、蜘蛛、蕈类，如果我们懂得欣赏，就会看见它们的颜色是多么活泼，使我们感觉到生命的伟大力量。

抬起头来，看到云天浩渺，呀！我们住的星球是多么渺小，地球上的每一个生命是多么渺若微尘，在白色、红色、黄色、蓝色的星星照耀下，我们行过原野的足迹是何其卑微。幸而，这世界有这么丰富的颜色，如此繁茂的生命，有时我想，这简直是一个不可思议的传奇，多么伟大的传奇！使我们虽渺小也可以具足，虽卑微而不失庄严。

我们之所以无畏，是因为我们可以把生命带进我们的心窗，让阳光进入我们的心，令自己光明；让和风进入我们的胸腹，洗涤我们身心的尘埃；让雨水落入杂乱的思绪，使我们澄明如云；甚至，让鸟唱我们的心声，让花开我们的颜色。

有时张开胸怀如蓝天，来包容这整个世界；有时蹲踞如一株草，来仰望并感恩这个世界。

我觉得人可以勇迈雄健，那是因为人并不独立生活在世界的生命之外，每个人是一个自足的世界，而世界是一个人的圆满，我们最深刻的智慧与慈悲应该由这里生长出来。当我们认识到自己与世界无异，我们就会为自己能奉献给世界的清明而欢欣，我们就会不丝毫的伤害世界了。

有一天，家里的热水器坏了，我感觉到冷水淋浴是令人战栗的，从此，在冬天，我总是用温水来浇花，我想到在清冽寒风里的清晨，如果我是一朵花，一定会喜欢有人用温水来灌溉我。

自性的开启，不是走离世界，而是进入宇宙之心。

在究竟的般若与菩提中，一个人能体贴一朵花，也能温柔对待整个世界！而一个人宝爱自己的身心不受染着，就是在宝爱整个世界!

4

说到颜色，艳丽繁华固然是美，朴素单纯也未尝不能有美的极致，万绿丛中一点红是耀目的，而万红丛中一点绿，则使生命有更鲜明之感。

最近读到清朝词人朱彝尊的一首《渔家傲》，前半部是：

> 淡墨轻衫染趁时，
> 落花芳草步迟迟。
> 行过石桥风渐起，
> 香不已，
> 众中早被游人记。

这词使我看到了一个画面，在踏春赏花、争妍斗艳的人群中，一位"淡墨轻衫"的少女，缓缓地走过石桥，吹过她的微风都使人感觉芳香不已，看到的人都深刻地记下她的影像了。

淡墨轻衫，有时胜过花团锦簇！

很单纯的颜色，可以有非凡的创发力，我喜欢白居易的一首《问刘十九》：

> 绿蚁新醅酒，

红泥小火炉。

晚来天欲雪，

能饮一杯无？

雪地里的红小火炉，多么动人呀！

我记得许多诗歌里的颜色，像"声喧乱石中，色静深松里"（王维）；"北山白云里，隐者自怡悦"（孟浩然）；"黄云万里动风色，白波九道流雪山"（李白）；"鸿飞冥冥日月白，青枫叶赤天雨霜"（杜甫）；"东船西舫悄无言，唯见江心秋月白"（白居易）；"高堂明镜悲白发，朝如青丝暮成雪"（李白）；"寥落古行宫，宫花寂寞红。白头宫女在，闲坐说玄宗"（元稹）；"玉颜不及寒鸦色，犹带昭阳日影来"（王昌龄）……

诗词里的颜色不正是生命的写照吗？在生之历程的对应里，我们总是企图要穿越表面的色泽，渴求找到生命的本然之色。

一个学习佛道的人，正像是淡墨轻衫走在缤纷的人潮里，是用一种单纯、素朴之力来超越，随风放散自性的芳香。

我常常这样提醒自己：再单纯一些、再平静一些、再朴素一些、再可亲一些，把内在的颜色找出来，不要被世界起落纷繁的颜色所转动。

5

我愿意学习白瓷盘，收敛自己的美，来衬托一切放在盘上的颜色，并在这些颜色过后再恢复自己的洁白。就好像在生命的历程里，一切生活经验都使它趋向美好，但不耽溺这种美好。

我要学习一种介于精致与素朴的风格，虽精致而不离开生活，不要住在有玻璃框和温度调节的温室；虽素朴但使自己无瑕，使摆放的地方都焕发光辉。

我要学习用一种光耀包容的态度，来承受喜乐或苦痛的撞击。使最平凡的东西，一放在白瓷盘上，都成为宝贵的珍品。

我要用我的白瓷盘，盛满生命的庄严、智慧的华美、清纯的色泽，来供养这个世界！

6

这使我想到，佛教经典时常把人比喻成一个"宝瓶"，在我们的宝瓶里装着最珍贵的宝物，可惜人都不能看见自己瓶中的宝物，反而向外去追逐罢了。

我们的宝瓶里有着最清明的空性与最柔软的菩提，只可惜被妄想和执着的瓶塞盖住了，既不能让自性进入法界，也不能让法界的动静流入我们的内在。

我们的宝瓶本是与佛一样珍贵，可惜长久以来都装了一些污浊的东西，使我们早已忘记了宝瓶的本来面目。不知道当我们使宝瓶回到清净的面貌，一切事物放进来都会显得贵重无比。

打开我们妄想与执着的瓶盖，这是悟！

使生活的一切都珍贵无比，这是悟后的世界！

试着把瓶里的东西放下，体验一下瓶里瓶外的空气，原来是相同的，这是空性！

当我们体会了瓶里瓶外的空性不二，容纳一切生命的历程，使贪转化为戒，把嗔转化为定，将痴转化为慧，这就是般若！是烦恼即菩提！

我们要有这样的认识：我的宝瓶和众生的宝瓶没有不同，我的自我清净就是在清净法界，在使一切众生走向清净之路；如果我能开启宝瓶，则不只能自净，也可以得到法界里佛、菩萨、护法的加持洗涤，快速走向清净之路。

我们也要有这样的认识：我的宝瓶与佛菩萨的宝瓶清净无二，我所缺乏的是更深切的智慧与慈悲的开启，是对究竟空性没有体验，是不能以般若来看待因缘，是难以用菩提的心来转化生命的困顿与苦恼罢了。

因此，我不只要做白瓷盘，衬托人间事物的颜色，使其趋向美好；我更要学习做宝瓶，即使空无一物，也能在虚空中流动香气，并放出内在的音乐。

多么的可歌可泣呀！我要在人群里有独处的心，在独处时有人群的爱，我要云在青天水在瓶，那样自由自在，并保有永久的清明。

7

《宝瓶菩提》是菩提系列的第七部，它时时提醒我把自己当一只宝瓶，来承装、显扬生命中可歌可泣或可哀可痛的事，并且提醒我，众生都是宝瓶，我在做的，只是和大家一起，努力地打开生命的盖子。

众生都是渴望打开生命的瓶塞，在我的菩提系列出版以来，天天信箱都是满的，使我知道每个人都有走向清净之路的想望，但是，走向清净之路凭靠的不是想象，而是实践，实践之一是"悟"——打开宝瓶的盖子。实践之二是"自净"——洗刷宝瓶的内部，这就是"诸恶莫做，众善奉行，自净其意，是诸佛教"。

关于宝瓶、关于开悟、关于自净，我们或者可以这样说：我们的自性就像困在宝瓶的空气，开悟者只不过是打开宝瓶，让被困的空气回到广大无边的空气里面。法界的空气并不比自性的空气伟大或不凡，只是，它比困在瓶里的空气更自由飘动、更无碍自在！

有人问云门："灵树上的果子熟了吗？"

云门说："灵树上的果子，究竟有哪一年是不熟的？"

南泉普愿送别黄檗希运，指着他的斗笠说："长老身大，笠帽却小了些！"

黄檗说："虽然小，大千世界都在里面！"

僧问志公："何处是道场？"

志公说："每日拈香，不知身是道场！"

我们的瓶子虽小、我们的身心虽然脆弱、我们的生命虽然有限，但不必畏怯，如果我们有单纯之心来看清自己、来对应世界，即使上釉上彩、在炉火中燃烧、用高温锻炼，我们这清清白白的本性是不会变质的，永远留着清白，在人间！

8

我是多么祈望这个世界，是一个宝瓶，没有杀戮、争端、仇恨，维持着永久的和平。

我是多么祈愿每一个人，都能平安吉祥、如意欢喜，走入清净的菩提之道。

因此，我愿意把一切的福德回向给一切众生，使人人善根增长、福慧绵长。

让我们一起随文殊师利菩萨来发愿吧！

一者大愿：若有一切众生，所生三界或我作他作，随缘受化。四空五净之主，八定四禅之主，梵王六欲之主，帝释诸天之主，四天四轮之主，诸神龙王之主，八部鬼神之主，守护佛法之主，伽蓝宫殿之主，四大持世之主，金刚坚牢之主，护国善神之主，大国小国之主，粟散四王之主，统领诸军主，都摄所守主，所有水陆四生，胎卵湿化，九类蠢动，一切含灵，同生三世，愿佛知见。或未闻我名，令愿得闻；及闻我名，于我法中，令一切有情，尽发菩提回向大乘，修无上道。若有众生，以法药世医，救疗诸疾；历数算计，工巧博易；世典文笔，歌咏赞叹；讲论戏处，导以度人。随类同事，接引世俗，令发菩提，正见正受，共我有缘，得入佛道。

二者大愿：若有众生，毁谤于我、嗔恚于我、刑害杀我；是人于我自他，常生怨恨，不能得解。愿共我有缘，令发菩提之心。

三者大愿：若有众生，爱念我身、欲心见我、求得于我；于我身上，于他身上，盛行谄曲，邪见颠倒；及生净行不净行，诸恶不善。愿共我有缘，令发菩提之心。

四者大愿：若有众生，轻慢于我、疑虑于我、枉压于我、诳妄于我；毁谤三宝，憎嫉贤良；欺凌一切，常生不善。愿共我有缘，令发菩提之心。

五者大愿：若有众生，贱我、薄我、惭我、愧我；敬重于我，不敬于我；妨我不妨我、用我不用我、取我不取我、求我不求我、要我不要我、从我不从我、见我不见我。悉愿共我有缘，令发菩提之心。

六者大愿：若有众生，常杀生命，作屠儿魁脍、畋猎渔捕，怨命现前，更相杀害，无有断绝。世世相报，杀心炽盛，不生悔过，卖肉取财，自养性命。如此之心者，永失人身，不相舍离报对，如是令发菩提之心。若有他人，取我财物，我与财物，或施我财物，我施财物，所得财物，及不得者，于我有缘，令发菩提之心。

七者大愿：若有众生，供养我者，我供养他者。或我造他造，寺舍僧房、伽蓝佛塔、禅房兰若、独静之处。或我造他造一切功德，及造菩萨诸佛形像。令他布施修立福佑，遍于法界，回向一切诸佛菩提，令一切有情，同沾此福。及有他人自己、朋友同伴、师长弟子，修行苦行，节身断食，持戒破戒，有行无行，和尚阿阇黎教导称说，听受我教，我受他教，同行同业，共我有缘，令发菩提之心。

八者大愿：若有众生，广造诸恶，堕于地狱，无有出期。经无量劫，受诸苦恼，从地狱出，生于五趣。先作畜生，将命还于前生，负物作驼驴猪狗、牛羊象马、奴婢仆从，偿他宿债、累劫赔命、还他偷盗，无有休息。我于五道，从形受化，常生同世，教化于人。或作贫穷困苦、盲聋喑哑、最下乞人，于一切众生众中，同类、同缘、同事、同行、同业，导引得入佛道。共我有缘，令发菩提之心。

九者大愿：若有众生，纵恣身心、我慢贡高，故于我法中，污泥佛法。师长弟子，无惭无愧、用僧佛钱、菩萨财物、杀生偷盗、邪行妄语、绮语恶口、共舍斗乱、纵恣贪嗔、不拣良善、劫夺他财、拒讳慢人、不识善恶、广造十恶一切诸罪。死堕阿鼻，入诸地狱，从地狱出，轮还六处，入生死海，诸趣恶道。愿共有缘，同业同道，随缘化变，当以救之，令得出离。共我有缘，发菩提心，求无上道。

十者大愿：若有众生，当于我法，若我有缘，若我无缘，同我大愿，则是我身，共我无别。行四无量心，心等虚空，广度有情，无有休歇，愿达菩提，登正觉路。

呀呀！伟哉文殊师利！

我时常在凉夜之中，诵读文殊师利的十种无尽甚深大愿，用来发起自我、清净自我、策励自我，每每读到"悉愿共我有缘，令发菩提之心"，都使我五内如震，心清泪下，在渺渺茫茫的生死大海，让我们有缘，一起走向菩提大道吧！

林清玄

一九八九年五月

于台北永吉路客寓

"菩提十书"新序
——致大陆读者

一花一净土，一土一如来

三十岁的时候，在世俗的眼光里，我迈入了人生的峰顶。

我得到了所有重要的文学奖项，我写的书都在畅销排行榜上，我在报纸杂志上有十八个专栏。

我在一家最大的报社，担任一级主管，并兼任一家电视台的主管。我在一家最大的广播公司主持每天播出的带状节目，还在一家电视台主持每周播出的深入报道节目。

我应邀到各地的演讲，一年讲二百场。

"世俗"的成功，并未带给我预期的快乐，反而使我焦虑、彷徨、烦恼，睡眠不足，食不知味。

我像被打在圆圈中的陀螺，不停地旋转，却没有前进的方向，也不知道什么时候会倒下来。

有一天，我在报社等着看大样，发现抽屉里有一本朋友送我的书《至尊奥义书》，有印度的原文，还有中文解说。

随意翻阅，一段话跳上我的眼睛：

"一个人到了三十岁，应该把所有的时间用来觉悟。"

我好像被人打了一拳，我正好三十岁，不但没有把所有的时间用来觉悟，连一分钟的觉悟也没有，觉悟，是什么呢？

再往下翻阅：

"到了三十岁，如果没有把全部的时间用来觉悟，就是一步一步地走向死亡的道路！"

我从椅子上跳起来，感到惊骇莫名，自己正一步一步走向死亡的道路还不自知呀！

从那一个夜晚开始，我每天都在想：觉悟是什么？要如何走向觉悟之路？

一个月后，我停止了主持的广播节目和电视节目，也停止了大部分的专栏。

三个月后，我入山闭关，早上在小屋读经打坐，下午在森林散步，晚上读经打坐。

我个人身心的变化，可以用"革命"来形容，为了寻找觉悟，我的人生已经走向完全不同的路向。

走上独醒与独行的路

那一段翻天覆地的改变，经过近三十年了，虽说已云淡风轻，但每次思及当时的毅然决然，依然感到震动。

我的全身心都渴求着"觉悟"，这种渴求觉悟的内在骚动，使我再也无法安住于世俗的追求了。

虽然，"觉悟"于我只是一个模糊的概念，分不清是净土宗觉悟到世间的秽陋，寻找究竟的佛国，或者是密宗觉悟到佛我一体的三密相应，或者是华严宗觉悟到世界即是法界，庄严世界万有，或者是天台宗觉悟到真理是普遍存在的，一色一香，无非中道！

我的"觉悟"最接近的是禅宗的"顿"，是"佛性的觉醒"，是不论我们沉睡了多么长的时间，醒来都只是短暂的片刻。

很庆幸，我在三十岁的某一个深夜，醒来了！

也就是在那个醒来，我开始写作第一本菩提的书《紫色菩提》，我会再提笔写作，是因为"佛教的思想这么好，知道的人却这么少"，希望用更浅白的文字来讲佛教思想。

其次是理解到，佛教的修行不离于生活，禅宗的修行从来不是贵族的，它自始至终都站在庶民大众的身边。它的思想简明易懂又容易修行，它不墨守成规，对经论采取自由的态度。

自从百丈之后，耕田、收成、运水、搬柴，乃至吃饭、喝茶，禅的修行深入于生活的每一个细节。

如果能在觉悟的过程，将生活、读书、修行、写作冶成一炉，应该可以创造一些新的思想吧！

我的"菩提系列"就是在这种心情下开始创作的，我的闭关内容也有了改变，早上读经打坐，下午在森林经行，晚上则伏案写作。

经过近十年的时间，总共写了十本"菩提"，当时在台湾交由九歌出版社出版，引起读书界的轰动，被出版业选为"四十年来最畅销及最有影响力的书"。

后来，授权给北京的作家出版社，出版了简体字版，也是轰动一时，成为许多大陆青年的床头书。

三十年前，我的人生走向了一条分叉的路，如果在世俗的轨道继续向前走，走向人群熙攘的路，会是如何呢？

我走上了人迹罕至的路，走上了独行与独醒的路，到如今还为了追寻更高的境界，努力不懈。

我能无悔，是因为步步留心，留下了"菩提系列""禅心大地系列""现代佛典系列""身心安顿系列"，《打开心内的门窗》《走向光明的所在》……

我确信，对于彷徨的现代人，这些寻找觉悟之道的书，能使他们得到启发，在世俗的沉睡中醒来。

学习看见自己的心

"觉悟"在生命里是神奇的，正是"千年暗室，一灯即明"，不管黑暗有多久，沉睡了多么长的时间，只要点燃了一盏小小的灯火，一切就明明白白、无所隐藏了！

"觉悟"不只是张开心眼来看世界，使世界有全新的面目；也是跳出自我的执着，从一个全新的眼睛，来回观自己的心、自己的爱、自己的人生。

"觉"是"学习来看见"，"悟"是"我的心"，最简明地说，"觉悟"就是"学习看见自己的心"。

"觉悟"乃是与"菩提"连成一线的,《大日经》说:"云何菩提, 谓如实知自心。"

这是为什么我在写"菩提系列"时,把书名定为"菩提"的原因, 它缘于觉悟, 又涵盖了觉悟, 它涵容了佛教里一些"无法翻译"的内涵, 例如禅那、般若、三昧、南无、波罗蜜多等等。

"菩提"在正统的佛教概念里, 原是"断绝世间烦恼而成就涅槃智慧"的意思, 但由于它的不译, 就有了无限的延展和无限的可能。

我想要书写的, 其实很简单, 不只是佛教的修行能改变人生, 就在我们生活里, 也有无限延展和无限可能。

"菩提"的具体呈现是"菩提萨埵", 也就简称"菩萨", "菩提"是"觉", "萨埵"是"有情"。

"觉有情"这三个字真美, 我曾写过一本书《以有情觉有情》, 来阐明这个道理: 菩萨的行履过处, 正是以更深刻的情感来使有情的众生得到觉悟, 而每一个有情时刻都是觉悟的契机。

生活是苦难的, 生命是无常的, 但即使是最苦的时候, 都能看见晚霞的美丽; 最艰难的日子, 都能感受天空的蔚蓝与海洋的辽阔。纵是最无常的历程, 小草依然翠绿, 霜叶还是嫣红。

道由白云尽, 春与青溪长; 时有落花至, 远随流水香。白云与青溪, 落花与流水, 都是长在的, 并不会随着因缘的变幻、生命的苦谛而失去!

"菩提十书"写的正是这种心事, 恰如庞蕴居士说的"一念心清净, 处处莲花开; 一花一净土, 一土一如来", 生命里若还有阴晴不定，生活里若还有隐晦不明，那是因为我们还没有触事遇缘都生起菩提呀！

我把"菩提十书"重新授权给大陆出版，时光流变已过半甲子，年华渐老、思想如新，祈愿读者在这套书中，可以触到觉悟与菩提的契机！

林清玄
二〇一二年秋天
台北清淳斋

卷一　波罗蜜

一粒沙，或一条河岸？

当我在澄思静虑的时候，有时自己陷入一种两难的情况。

这种情况常常发生在看到别人受苦而找不到出路，看到善良的人在苦难里挣扎不能解脱的时候——看别人痛苦以致感同身受的锥刺是一种难以言诠的经验。

我因此常在内心呐喊：难道这是宿命的吗？难道不可改变吗？难道是不得不偿还的业吗？

想到众生的心灵不能安稳，有时惊心到被窗外温柔的月光吵醒，然后我就会在寒夜的冷风中独坐，再也无法安睡。有时我甚至一个人跑到山上，对着萧萧的草木大吼大叫，来泄去心中看到善良的人受苦而生起的悲愤。有时我会在草原上拼命奔跑，跑到力尽颓倒在地上，然后仰望苍空，无声地喘息："天呀，天呀！"悲唤起来。

没有人知我的这种挣扎与忧伤，对众生受困于业报的实情，有时令我流泪，甚至颤抖，全身发冷，身毛皆竖。

幸好，这样的颤抖很快就能平息，在平复的那一刻就使我看见自己是多么脆弱，多么容易受到打击，我应该更坚强一些、更广大一些，不要那样忧伤与沉痛才好。可是也就在那一刻，我会更深地思索"业"的问题，众生的业难道一定要如此悲惨地来受报吗？当见到众生饱受折磨时，究竟有谁可以为他们承担呢？

龙树菩萨的"中观"告诉我们，业好比一粒种子，里面有一种永不失去、永不败坏的东西，这就好像生命的契约，这契约则是一种债务，人纵使可以不断地借贷来用，但是因为契约，他迟早总要去偿还他的债务。业的种子是如此的牢不可破，业如果可破，果报就不成立了，业的法则适用于善业与恶业，永不失去。

在原始佛教里，业力因果是那样坚强，整个人生就由一张业网所编织而成，即使死亡，业网也还在下一世呼吸的那一刻等待我们。

这种观点有时使我非常悲观，如果因果业报是"骨肉至亲，不能代受"，那么我们的自修自净有何意义呢？

我的悲观常常只有禅学可以解救，禅告诉我们，并没有人束缚我们、没有人污染我们、在自性的光明里业是了不可得的。人人都有光明自性，则人人的业也都可以了不可得。但是，这不是充满了矛盾吗？

我们的人生渺小如一粒沙子，每一粒沙子都是独立存在的，与别的沙子无关，那么，我只能清洗自己的沙子，有什么能力清洗别人的沙子呢？即使是最邻近的一粒沙，清洗似乎也是不可能的。

当我看到新闻，有人杀人了，那两人之间真的是从前的旧债吗？这样，不就使我们失去对被杀者的悲悯，失去对杀人者的斥责吗？不应该这样的呀！每一次的恶事不应该只由当事者负责，整个社会都应有相关的承担，这样真实的正义才能抬头，全体的道德才有落脚之处。

西方净土之所以没有恶事，并非在那里的人都是完全清净才往生的！而是那里有完全清净的环境，不论什么众生去往生，都可以纯净起来。

我觉得，这世界所有的一切恶事，都不应该由当事人承受，这世界一切众生之苦也不可以是从前造罪而活该当受的。修行的人不应该有"活该"的思想，也不应该有一丝丝"活该"的念头。

世界的人都在受报，但不应该人人都是"活该"！

因此，我虽无法解开那张业网，让我做其中的一条丝线，让我做其中的经纬。

人生若还有罪业，我就难以自净，众生若不能安稳，我就永远不可能安稳！

大乘佛教对业报的看法总在最悲观时抚慰我，我虽渺小，但宇宙之网是由我为中心向时空开展，要以自净来净化整个宇宙的罪业，用这微弱的双肩来承担世界污秽的责任。业绝不是单一的自我，而是世界的整体。

我的不能安稳，我的沉痛，乃至我鲜为人知的颤抖，不也是一种自然的呈现吗？正因我不是焦芽败种，我才有那样热切滚烫的感受吧！

我只是一粒沙，这是生命里无可如何的困局，但是我多么希望，我每次看到生命的苦楚，都看到一整条河岸，而不只看见受难的那一粒沙。

这样想时，我总是渴切地祈祷：佛、菩萨、龙天护法，请悲悯这个世界！请护念这个世界！请嘱咐这个世界！请使这世界成为清净的国土！

河的感觉

1

秋天的河畔，菅芒花开始飞扬了，每当风来的时候，它们就唱一种洁白之歌，芒花的歌虽是静默的，在视觉里却非常喧闹，有时会见到一株完全成熟的种子，突然爆起，向八方飞去，那时就好像听见一阵高音，哗然。

与白色的歌相应和的，还有牵牛花的紫色之歌，牵牛花瓣的感觉是那样柔软，似乎吹弹得破，但没有一朵牵牛花被秋风吹破。

这牵牛花整株都是柔软的，与芒花的柔软互相配合，给我们的感觉是，虽然大地已经逐渐冷肃了，山河仍是如此清朗，特别是有阳光的秋天清晨，柔情而温暖。

在河的两岸，被刷洗得几乎仅剩砾石的河滩，虽然有各种植物，却以芒花和牵牛花争吵得最厉害，它们都以无限的谦卑匍匐前进。偶尔会见到几株还开着绒黄色碎花的相思树，它们的根在沙石上暴露，有如强悍的爪子抓入土层的深处，比起牵牛花，相思树高大得像巨人一样，抗衡着沿河流下来的冷。

河，则十分沉静，秋日的河水浅浅的、清澈的在卵石中穿梭，有时流到较深的洞，仿佛平静如湖。

我喜欢秋天的时候到砾石堆中捡石头，因为夏日在河岸嬉游的人群已经完全隐去，河水的安静使四周的景物历历。

河岸的卵石，实在有一种难以言喻之美。它们长久在河里接受刷洗，比较软弱的石头已经化成泥水往下游流去，坚硬者则完全洗净外表的杂质，在河里的感觉就像宝石一样。被匠心磨去了棱角的卵石，在深层结构里的纹理，就会像珍珠一样显露出来。

我溯河而上，把捡到的卵石放在河边有如基座的巨石上接受秋日阳光的曝晒，准备回来的时候带回家。

连我自己都不能确知，为什么那样地爱捡石头，这里面一定有什么原因还没有被探触到。有时我在捡石头突然遇到陌生者，会令我觉得羞怯，他们总是用质疑的眼光看着我这异于常人的举动。或者当我把石头捡回，在庭院前品察，并为之分类的时候，熟识的乡人也会以一种似笑非笑的眼光看我，一个人到了三十六岁还有点像孩子似的捡石头，连我自己也感到迷思。

那不纯粹是为了美感，因为有一些我喜爱的石头经不起任何美丽的分析，只是当我在河里看到它时，它好像漂浮在河面，与别的石头都不同。那感觉好像走在人群中突然看见一双仿佛熟识的眼睛，互相闪动了一下。

我不只捡乡间河畔的石头，在国外旅行时，如果遇到一条河，我总会捡几粒石头回来作纪念。例如有一年我在尼罗河捡了一袋石头回来摆在案前，有人问起，我总说："这是尼罗河捡来的石头。"那人把石头来回搓揉，然后说："尼罗河的石头也没有什么嘛！"

石头捡回来，我很少另做处理，只有一次是例外，我在垦丁海岸捡到几粒硕大的珊瑚礁石，看出它原是白色的，却蒙上灰色的风尘，我就用漂白水泡了三天三夜，使它洁白得像在海底看见的一样。

我还有一些是在沙仑淡水河口捡到的石头，是纯黑的，隐在长着虎苔的大石缝中，同样是这岛上的石头，有的纯白，有的玄黑，一想到，就觉得生命颇有迷离之感。

我并不像一般的捡石者，他们只对石头里浮出的影像有兴趣，例如石上正好有一朵菊花、一只老鼠，或一条蛇，我的石头是没有影像的，它们只是记载了一条河的某些感觉，以及我和那条河相会面的刹那。但偶尔我的石头会出现一些像云、像花、像水的纹理，那只是一种巧合，让我感觉到石头在某个层次上是很柔软的，这种坚强中的柔软之感，使我坚信，在最刚强的人心中，我们必然也可看见一些柔软的纹理，里面有着感性与想象，或者梦一样的东西。

在我的书桌上、架子上，甚至地板上到处都堆着石头，有时在黑夜开灯，觉得自己正在河的某一处激流里，接受生命的冲刷。

那样的感觉好像走在人群中突然看见一双仿佛熟识的眼睛，互相闪动了一下。

2

走在人群中看见熟识的眼睛，互相的闪动，常常让我有河的感觉。

在最繁华的忠孝东路，如果我回来居住在台北的时候，我会沿着永吉路、基隆路，散步到忠孝东路去。我喜欢在人群里东张西望，或者坐在有玻璃大窗的咖啡店旁边，看着流动如河的人群。虽然人是那样拥挤，却反而给我一种特别的宁静之感，好像秋日的河岸。

在人群的静观，使我不至于在枯木寒灰的隐居生活中沦入空茫的状态。我知道了人心的喧闹，人间的匆忙，以及人是多么渺小有如河里的一粒卵石。

我是多么喜欢观察人间的活动，并且在波动的混乱中找寻一些美好的事物，或者说找寻一些动人的眼睛。人的眼睛是五官中最会说话的，它无时无刻不在表达着比嘴巴还要丰富的语言，婴儿的眼睛纯净，儿童的眼睛好奇，青年的眼睛有叛逆之色，情侣的眼睛充满了柔情，主妇的眼睛充满了分析与评判，中年人的眼睛沉稳浓重，老年人的眼睛，则有历经沧桑后的一种苍茫。

如果说我是在杂沓的城市中看人，还不如说我在寻找着人的眼睛，这也是超越了美感的赏析的态度，我不太会在意人们穿什么衣裳，或者在意现在流行什么，或者什么人是美的或丑的，回到家里，浮现在我眼前的，总是人间的许许多多眼神，这些眼神，记载了一条人的河流的某些感觉，以及我和他们相会时的刹那。

有时，见到两个人在街头偶然相遇，在还没有开口说话之前，他们的眼神就已经先惊呼出声，而在打完招呼错身而过时，我看见了眼里的轻微的叹息。

我们要了解人间，应该先看清众生的眼睛。

有一次，在统领百货公司的门口，我看到一位年老的婆婆带着一位稚嫩的孩子，坐在冰凉的磨石地板上乞讨，老婆婆俯低着头，看着眼前的一个装满零钱的脸盆，小孩则仰起头来，有一对黑白分明的眼睛，滴溜溜转着，看着从前面川流过的人群。那脸盆前有一张纸板，写着双目失明的老婆婆家里沉痛的灾变，她是如何悲苦地抚育着唯一的孙子。

我坐在咖啡厅临窗的位置，却看到好几次，每当有人丢下整张的钞票，老婆婆会不期然地伸出手把钞票抓起，匆忙地塞进黑色的袍子里。

乞讨的行为并不令我心碎，只是让我悲悯，当她把钞票抓起来的那一刹那，才令我真正心碎了。好眼睛的人不能抬眼看世界，却要装成失明者来谋取生存，更让人觉得眼睛是多么重要。

这世界有许多好眼睛的人，却用心把自己的眼睛蒙蔽起来，周围的店招上写着"深情推荐""折扣热卖""跳楼价""最心动的三折"等等，无不是在蒙蔽我们的眼睛，让我们心的贪婪伸出手来，想要占取这个世界的便宜，就好像卵石相碰的水花，这世界的便宜岂是如此容易就被我们侵占的？

人的河流里有很多让人无奈的事相，这些事相益发令人感到生命之悲苦。

有一个问卷调查报告，青少年十大喜爱的活动，排在第一位的竟是"逛街"，接下来是"看电影""游泳"。其实，这都是河流的事，让我看见了，整个城市这样流过来又流过去，每个人在这条河流里游泳，每个人扮演自己的电影，在过程中茫然地活动，并且等待结局。

最好看的电影，结局总是悲哀的，但那悲哀不是流泪或者号啕，只是无奈，加上一些些茫然。

有一个人说，城市人擦破手，感觉上比乡下人擦破手，还要痛得多。那是因为，城市里难得有破皮流血的机会，为什么呢？因为人人都已是一粒粒的卵石，足够的圆滑，并且知道如何来避免伤害。

可叹息的是，如果伤害是来自别人、来自世界，总可以找到解决的方法，但城市人的伤害往往来自无法给自己定位，伤害到后来就成为人情的无感，所以，有人在街边乞讨，甚至要伪装盲者才能唤起一丁点的同情，带给人的心动，还不如"心动的三折"。

这往往让人想到溪河的卵石，卵石由于长久的推挤，它只能互相的碰撞，但河岸的风景、水的流速、季节的变化，永远不是卵石关心的主题。

因此，城市里永远没有阴晴与春秋，冬日的雨季，人还是一样渴切地在街头流动。

你流过来，我流过去，我们在红灯的地方稍作停留，步过人行道，在下一个绿灯分手。

"你是哪里来的？"

"你将要往哪里去？"

没有人问你，你也不必回答。

你只要流着就是了，总有一天，会在某个河岸搁浅。

没有人关心你的心事，因为河水是如此湍急，这是人生最大的悲情。

3

河水是如此湍急，这是人生最大的悲情。

我很喜欢坐船。如果有火车可达的地方，我就不坐飞机，如果有船可坐，我就不搭火车。那是由于船行的速度，慢一些，让我的心可以沉潜；如果是在海上，船的视界好一些，使我感到辽阔；最要紧的是，船的噗噗的马达声与我的心脏合鸣，让我觉得那船是由于我心脏的跳动才开航的。

所以在一开航的刹那，就自己叹息：呀！还能活着，真好！

通常我喜欢选择站在船尾的地方，在船行过处，它掀起的波浪往往形成一条白线，鱼会往波浪翻涌的地方游来，而海鸥总是逐波飞翔。

船后的波浪不会停留太久，很快就会平复了，这就是"船过水无痕"，可是在波浪平复的当时，在我们的视觉里它好像并未立刻消失，总还会盘旋一阵，有如苍鹰盘飞的轨迹，如果看一只鹰飞翔久了，等它遁去的时刻，感觉也还在那里绕个不停，其实，空中什么也不见了，水面上什么也不见了。

我的沉思总会在波浪彻底消失时沦陷，这使我感到一种悲怀，人生的际遇事实上与船过的波浪一样，它必然是会消失的，可是它并不是没有，而是时空轮替自然的悲哀，如果老是看着船尾，生命的悲怀是不可免的。

　　那么让我们到船头去吧！看船如何把海水分割为二，如何以勇猛的香象截河之势，载我们通往人生的彼岸，一艘坚固的船是由很多的钢板千锤百炼铸成，由许多深通水性的人驾驶，这里面就充满了承担之美。

　　让我也能那样勇敢地破浪，承担，向某一个未知的彼岸航去。

　　这样想时，就好像见到一株完全成熟的芒花，突然爆起，向八方飞去，使我听见一阵洁白的高音，唱哗然的歌。

伤心渡口

一朵花

在晨光中

坦然开放

是多么从容！

在无风的午后

静静凋落

是多么的镇定！

从盛放到凋谢

都一样温柔轻巧！

春天的午后，阳光晴好，我在书房里喝茶，看着远方阳光落在山林变化的颜色。

有一位年轻的朋友来访，开门的时候我吃了一惊，她原来娟好清朗的脸上，好像春天的花园突被狂风扫过，花朵落了一地那样萧索狼藉。

我们对坐着，一句话还没有说，她已经泪流满面了，面对这样的情况我除了陪着心酸，总说不出什么话。在抬眼的时候，想起许多许多年前一个午后，我去看另一位朋友，也是未语泪先流的相同画面。

有时候，在别人的面影里我们会深刻地看见了自己，那时，就会勾动我们久已隐忍的哀伤。

这几年，我的感受似乎有点不同了，当我看到人因为情感受创而落泪的时候，我在心酸里有一种幽微的欣慰，想到在这冷漠无情的社会，每天耳闻的都是物质与感官的波澜，能听到有人为爱情而哭，在某一个层面，真是好事。

这样想，听到悲哀的事，也不会在情绪上像少年时代那样容易波动了。

我和年轻朋友默默地，对饮着我从屏东海岸带回来的"港口茶"，"港口茶"是很奇特的一种茶，它入口的时候又浓又苦，在喝第一杯的时候几乎很难去品味它，要喝了两三杯之后，才感觉到它有一种奥妙的舌香与喉韵，好像乐团里的男低音，或者是萨克斯风，微微地在胸腔中流动，那时才知道，这在南方边地平凡的茶，有着玄远素朴的魅力。

喝到苦处，才逐渐清凉

我和朋友谈起，在二十岁的时候，我就喜欢喝茶，那时喜欢茉莉香片或菊花茶，因为看到花在茶杯中伸展，使我有着浪漫的联想。那时如果遇到了"港口茶"，大概是一口也喝不下去。

后来，我喜欢普洱，那是因为喜欢广东茶楼里那种价廉而热闹的情调，普洱又是最耐泡的，从浓黑一直喝到淡薄，总能泡十几回。

前些年，我开始爱喝乌龙，乌龙的水色是其他的茶所不及的，它是金黄里还带一点蜜绿，香味也格外芳醇，特别是产在高山的冻顶乌龙、白毫乌龙、金萱乌龙，好像含蕴了山林里的云雾之气，使我觉得人间里产了这样美好的茶，怪不得释迦牟尼佛说婆娑世界也是净土了。

住在乡下的时候，我喜欢"碧螺春"和"荔枝红"，前者是淡泊中有幽远的气息，后者好像血一样，有着红尘中的凡思；前者是我最喜欢的绿茶，后者是我最喜爱的红茶。

近两年来，我常常喝生产在坪林山上的"文山包种"和沿着屏东海岸种植的"港口茶"，这两种茶都有一种"苦尽"之感，要品了几杯以后，滋味才缓缓地发散出来。最特别的是，它们有一种在沧桑苦难中冶炼过的风味，使我们喝到苦处，才逐渐的清凉。

这有一点像是人生心情中的变化，朋友边喝"港口茶"，边听我谈起喝茶的感受，她的泪逐渐止住了，看着褪色的茶汤，问说："那么，你的结论是什么？"

"我没有结论！"我说，"对于情感、喝茶、人生等等，没有结论正是我的结论！"

那就像许多会喝茶的人都告诉我们，喝茶的方法、技巧、思想，及至于茶中的禅思等等。可是别人不能代我们喝茶，而喝茶到最后还原到一个单纯的动作，就是把水烧开，冲出茶汤，喝下去！

许多曾受过情感折磨的人，他们有许多经验、方法，乃至智慧，告诉我们应该如何对治感情的失落。可是他不能代我们受折磨，失恋到最后只还原到一个单纯的动作，就是让事情过去，自己独饮生命的苦水，并品出它的滋味！

这苦瓜竟然没有变甜！

我很喜欢一则关于苦瓜的故事：

有一群弟子要出去朝圣。

师父拿出一个苦瓜，对弟子们说："随身带着这个苦瓜，记得把它浸泡在每一条你们经过的圣河，并且把它带进你们所朝拜的圣殿，放在圣桌上供养，并朝拜它。"

弟子朝圣走过许多圣河圣殿，并依照师父的教言去做。

回来以后，他们把苦瓜交给师父，师父叫他们把苦瓜煮熟，当作晚餐。

晚餐的时候，师父吃了一口，然后语重心长地说："奇怪呀！泡过这么多圣水，进过这么多圣殿，这苦瓜竟然没有变甜。"

这真是一个动人的教化，苦瓜的本质是苦的，不会因圣水圣殿而改变，情爱是苦的，由情爱产生的生命本质也是苦的，这一点即使是修行者也不可能改变，何况是凡夫俗子！意思是，我们尝过情感与生命的大苦的人，并不能告诉别人失恋是该欢喜的事，因为它就是那么苦，这一层次是永不会变的，可是不吃苦瓜的人，永远不会知道苦瓜是苦的。"现在，你煮熟了这苦瓜，当你吃它的时候，你终于知道是苦的了，但第一口苦，第二、第三口就不会那么苦了！"当我说完了故事，这样告诉朋友。

她苦笑着，好像正在品尝那只洗过圣水、进过圣殿的苦瓜的味道。

"当我们失恋的时候，如果有人告诉我们，生命里有比失恋更苦难的承受，我们真的很难相信，就像鱼缸的鱼不能想象海上的狂涛一样。等到我们经验了更多的沧桑巨变，再回来一看，失恋，真的没有什么。"我说。

朋友用犹带着红丝与水意的眼睛看着我，眼里有茫然的神色，对一位正落入陷阱的人，她是不太能相信世上还有更大的陷阱，因为在情感的陷阱底部，有着燃烧的火焰、严寒的冰刀、刺脚的长针，已经是够令人心神俱碎了。

"我再说一个故事给你听吧！"我只好说。

失恋，至少值得回味

有一个人去求助一位大师说："师父，请救救我，我快疯了，我的太太、孩子、亲戚全住在同一个房间，整天都在争吵吼叫谩骂，我的家简直是一座地狱，我快崩溃了，师父，请拯救我。"

大师说："我可以救你，不过你得先答应，不论我要求你做什么，你都切实地做到！"

那形容憔悴的人说："我发誓，我一定做到！"

大师说："好！你家里养了多少牲畜？"

"一头牛、一只羊，还有六只鸡。"那人说。

"很好，把它们全部带入你的屋内，然后一星期后再来见我。"

那人听了，心惊胆战，但他发过誓听从师父的话，所以就把牲畜全部带进房子。

一星期后，他容貌完全枯槁，跑来见大师，用呻吟的声音说："一片肮脏、恶臭、吵闹、混乱，不只我不成人形，屋里的人也都快疯了。大师，现在怎么办？"

"回去吧！现在回去把牲畜都赶出去，明天再来见我。"大师说。

那人飞快地奔回家去。

第二天，当他回来见大师时，眼中充满了喜悦的光芒，欢喜地对大师说："呀！所有的畜生都赶出去了，家里简直像个天堂，安静、清爽、干净，又充满了温馨，生活是多么的美好呀！"

朋友听了这个故事，微微地笑了。

我们在生命过程中所遇到的挫折，使我们觉得自己是全世界最苦的人，那是因为我们还没有经验过更巨大的苦难，也因为我们不知道世上的别人，有许多正拖着千斤重的脚，在走过火热水深、断崖鸿沟。

失恋，真是人生的苦难里最易于跨越的，它几乎是人生的必然。

在生命里，有很多历程除了苦痛，没有别的感受。失恋，至少还值得回味、至少有凄凉之美、至少还令我们验证到情感的真实与虚幻。

"有很多事，只是苦，没有别的。与那些事比起来，失恋的真是天堂了！"我加重语气地说。

我们聊着聊着，天就黑了，朋友要告辞，我送她一罐"港口茶"，她的表情已经平静很多了。

我说："好好地品味这"港口茶"吧！仔细地观照它，看看到最苦的时候会怎么样？"

我们的船还要继续前航

朋友走了以后，我独自坐着饮茶，看着被夜色染乌的天空，几粒微星，点点缀在天际，心中不免寒凉，想到人间里情爱无常的折磨，从有星星的时候，人就开始了在情感挣扎的历程，而即使世界粉碎成为微尘，人仍然要在情爱里走过漫漫长夜、哭过茫茫的旷野。

我想到几天前刚读过杜牧与李商隐的诗，都是我最喜欢的唐朝诗人，他们对失恋心情的描写，那样的细致缠绵，犹如黑夜旷野中闪烁的泪，令人心碎。

我就选了几首，抄在纸上，准备寄给我的朋友：

落花（李商隐）

高阁客竟去，小园花乱飞。

参差连曲陌，迢递送斜晖。

肠断未忍扫，眼穿仍欲归。

芳心向春尽，所得是沾衣。

锦瑟（李商隐）

锦瑟无端五十弦，一弦一柱思华年。

庄生晓梦迷蝴蝶，望帝春心托杜鹃。

沧海月明珠有泪，蓝田日暖玉生烟。

此情可待成追忆，只是当时已惘然。

无题（李商隐）

飒飒东风细雨来，芙蓉塘外有轻雷。

金蟾啮锁烧香入，玉虎牵丝汲井回。

贾氏窥帘韩掾少，宓妃留枕魏王才。

春心莫共花争发，一寸相思一寸灰。

无题（李商隐）

相见时难别亦难，东风无力百花残。

春蚕到死丝方尽，蜡炬成灰泪始干。

晓镜但愁云鬓改，夜吟应觉月光寒。

蓬莱此去无多路，青鸟殷勤为探看。

赠别（杜牧）

多情却似总无情，唯觉樽前笑不成。

蜡烛有心还惜别，替人垂泪到天明。

金谷园（杜牧）

繁华事散逐香尘，流水无情草自春。

日暮东风怨啼鸟，落花犹似坠楼人。

秋夕（杜牧）

银烛秋光冷画屏，轻罗小扇扑流萤。

天阶夜色凉如水，坐看牵牛织女星。

　　我少年时代时常吟诵这些诗句，当时有着十分浪漫美丽的怀想，觉得能有深刻的情爱，实在是一种福分。近来重读，颇感到人生的凄凉，才仿佛接近了诗人那冰心玉壶一样的心情，看到飞舞的落花为之肠断，听见琵琶流动的声音不禁惘然，东风吹来感到相思如灰一寸一寸冷去，夜里的蜡烛仿佛替代我们垂泪，像春天的蚕子永不停止地缠绵吐丝，到死方休！

　　而那园里落下来的花，就好像我们从楼头坠下，心肝为之碎裂！

　　秋天看着遥遥相隔的牵牛星与织女星，是那样的冷，是永远不可能相会了！

　　情感的挫折与苦难是生命必然的悲情，可是谁想过：

落花飞舞之后，春天的新芽就要抽出！

蜡烛烧尽的时候，黎明的天光就要掀起！

春蚕吐丝自缚的终极，是一只蛾的重生！

我们在这个世界上，有如一片叶子抽出、一朵花开放、一棵树生长，是一种自然的时序，春日的繁华、夏季的喧闹、秋野的庄严、冬天的肃杀，都轮流让我们经验着，以便生发我们的智慧。

来吧！让我们在最苦的时候，更深刻地回观我们的心灵世界，我们至少知道"港口茶"苦的滋味，我们一眼就能看见星星，这就多么值得感恩。

让锦瑟发声，让飞花落下，让春蚕吐丝，让蜡烛流泪，让时光的河流轻轻流过一些生命里伤心的渡口吧！

我们的船还要前航，扯起逆风的帆，在山水之间听听杜鹃鸟伤心的啼声，听久了，那啼声不觉也有超越的飞扬的尾音。

幸福的开关

一直到现在，我每看到在街边喝汽水的孩童，总会多注视一眼。而每次走进超级市场，看到满墙满架的汽水、可乐、果汁饮料，心里则颇有感慨。

看到这些，总令我想起童年时代想要喝汽水而不可得的景况，在台湾初光复不久的那几年，乡间的农民虽不致饥寒交迫，但是想要三餐都吃饱似乎也不太可得，尤其是人口众多的家族，更不要说有什么零嘴饮料了。

我小时候对汽水有一种特别奇妙的向往，原因不在汽水有什么好喝，而是由于喝不到汽水。我们家是有几十口人的大家族，小孩依大排行就有十八个之多，记忆里东西仿佛永远不够吃，更别说是喝汽水了。

喝汽水的时机有三种，一种是喜庆宴会，一种是过年的年夜饭，一种是庙会节庆。即使有汽水，也总是不够喝，到要喝汽水时好像进行一个隆重的仪式，十八个杯子在桌上排成一列，依序各倒半杯，几乎喝一口就光了，然后大家舔舔嘴唇，觉得汽水的滋味真是鲜美。

有一回，我走在街上的时候，看到一个孩子喝饱了汽水，站在屋檐下呕气，呕——长长的一声，我站在旁边简直看呆了，羡慕得要死掉，忍不住忧伤地自问道：什么时候我才能喝汽水喝到饱？什么时候才能喝汽水喝到呕气？因为到读小学的时候，我还没尝过喝汽水喝到呕气的滋味，心想，能喝汽水喝到把气呕出来，不知道是何等幸福的事。

当时家里还点油灯，灯油就是煤油，闽南语称作"臭油"或"番仔油"。有一次我的母亲把臭油装在空的汽水瓶里，放置在桌脚旁，我趁大人不注意，一个箭步就把汽水瓶拿起来往嘴里灌，当场两眼翻白、口吐白沫，经过医生的急救才活转过来。为了喝汽水而差一点丧命，后来成为家里的笑谈，却并没有阻绝我对汽水的向往。

在小学三年级的时候，有一位堂兄快结婚了，我在他结婚的前一晚竟辗转反侧地失眠了，我躺在床上暗暗地发愿：明天一定要喝汽水喝到饱，至少喝到呕气。

第二天我一直在庭院前窥探，看汽水送来了没有。到上午九点多，看到杂货店的人送来几大箱的汽水，堆叠在一处，我飞也似的跑过去，提了两大瓶黑松汽水，就往茅房跑去。彼时农村的厕所都盖在远离住屋的几十米之外，有一个大粪坑，几星期才清理一次，我们小孩子平时是很恨进茅房的，卫生问题通常是就地解决，因为里面实在太臭了。但是那一天我早计划好要在里面喝汽水，那是家里唯一隐秘的地方。

我把茅房的门反锁，接着打开两瓶汽水，然后以一种虔诚的心情，把汽水咕嘟咕嘟地往嘴里灌，就像灌蟋蟀一样，一瓶汽水一会儿就喝光了，几乎一刻也不停地，我把第二瓶汽水也灌进腹中。

我的肚子整个胀起来，我安静地坐在茅房地板上，等待着呃气，慢慢地，肚子有了动静，一股沛然莫之能御的气翻涌出来，呃——汽水的气从口鼻冒了出来，冒得我满眼都是泪水，我长长地叹了一口气："这个世界上再也没有比喝汽水喝到呃气更幸福的事了吧！"然后朝圣一般打开茅房的木栓，走出来，发现阳光是那么温暖明亮，好像从天上回到了人间。

每一粒米都充满幸福的香气

在茅房喝汽水的时候，我忘记了茅房的臭味，忘记了人间的烦恼，觉得自己是世上最幸福的人，一直到今天我还记得那年叹息的情景，当我重复地说："这个世界上再也没有比喝汽水喝到呃气更幸福的事了吧！"心里百感交集，眼泪忍不住就要落下来。

贫困的岁月里，人也能感受到某些深刻的幸福，像我常记得添一碗热腾腾的白饭，浇一匙猪油、一匙酱油，坐在"户定"（厅门的石阶）前细细品味猪油拌饭的芳香，那每一粒米都充满了幸福的香气。

有时这种幸福不是来自食物，我记得当时在我们镇上住了一位卖酱菜的老人，他每天下午的时候都会推着酱菜摊子在村落间穿梭。他沿路都摇着一串清脆的铃铛，在很远的地方就可以听见他的铃声，每次他走到我们家的时候，都在夕阳将落下之际，我一听见他的铃声跑出来，就看见他浑身都浴在黄昏柔美的霞光中，那个画面、那串铃声，使我感到一种难言的幸福，好像把人心灵深处的美感全唤醒了。

有时幸福来自于自由自在地在田园中徜徉了一个下午。

有时幸福来自于看到萝卜田里留下来做种的萝卜，开出一片宝蓝色的花。

有时幸福来自于家里的大狗突然生出一窝颜色都不一样的、毛茸茸的小狗。

生命的幸福原来不在于人的环境、人的地位、人所能享受的物质，而在于人的心灵如何与生活对应。因此，幸福不是由外在事物决定的，贫困者有贫困者的幸福，富有者有富有者的幸福，位尊权贵者有其幸福，身份卑微者也有其幸福。在生命里，人人都是有笑有泪；在生活中，人人都有幸福与忧恼，这是人间世界真实的相貌。

从前，我在乡间城市穿梭做报道访问的时候，常能深刻地感受到这一点，坐在夜市喝甩头仔米酒配猪头肉的人民，他感受到的幸福往往不逊于坐在大饭店里喝 XO 的富豪。蹲在寺庙门口喝一斤二十元粗茶的农夫，他得到的快乐也不逊于喝冠军茶的人。围在甘蔗园呼幺喝六，输赢只有几百元的百姓，他得到的刺激绝对不输于在梭哈台上输赢几百万的豪华赌徒。

这个世界原来就是个相对的世界，而不是绝对的世界，因此幸福也是相对的，不是绝对的。

由于世界是相对的，使得到处都充满缺憾，充满了无奈与无言的时刻。但也由于相对的世界，使得我们不论处在任何景况，都还有幸福的可能，能在绝壁之处也见到缝中的阳光。

我们幸福的感受不全然是世界所给予的，而是来自我们对外在或内在的价值判断，我们的幸福与否，正是由自我的价值观来决定的。

以直观来面对世界

如果，我们没有预设的价值观呢？如果，我们可以随环境调整自己的价值判断呢？

就像一个不知道金钱、物质为何物的赤子，他得到一千元的玩具与十元的玩具，都能感受到一样的幸福。这是他没有预设的价值观，能以直观来面对世界，世界也因此以幸福来面对他。

就像我们收到陌生者送的贵重礼物，给我们的幸福感还不如知心朋友寄来的一张卡片。这是我们随环境来调整自己的判断，能透视物质包装内的心灵世界，幸福也因此来面对我们的心灵。

所以，幸福的开关有两个，一个是直观，一个是心灵的品味。

这两者不是来自远方，而是由生活的体会得到的。

什么是直观呢？

有源律师问大珠慧海禅师："和尚修道，还用功否？"

大珠："用功。"

"如何用功？"

"饿来吃饭，困来眠。"

"一切人总如同师用功否？"

"不同！"

"何故不同？"

"他吃饭时不肯吃饭，百种需索；睡时不肯睡，千般计较，所以不同也。"

好好地吃饭，好好地睡觉就是最大的幸福，最深远的修行，这是多么伟大的直观！在禅师的语录里有许多这样的直观，都是在教导启示我们找到幸福的开关，例如：

百丈怀海说："如今对五欲八风，情无取舍，垢净俱亡，如日月在空，不缘而照；心如木石，亦如香象截流而过，更无滞碍，此人天堂地狱所不能摄也。"

庞蕴居士说："神通并妙用，运水与搬柴。""好雪片片，不落别处。"

沩山灵祐说："一切时中，视听寻常，更无委曲，亦不闭眼塞耳，但情不附物，即得。……譬如秋水澄清，清净无为，澹泞无碍，唤他作道人，亦名无事之人。"

黄檗希运："凡人多不肯空心，恐落空。不知自心本空，愚人除事不除心，智者除心不除事。""终日吃饭，未曾咬着一粒米；终日行走，未曾踏着一片地。与么时，无人我等相，终日不离一切事，不被诸境惑，方名自在人。"

在禅师的话语中，我们在在处处都看见了一个人如何透过直观，找到自心的安顿、超越的幸福。若要我说世间的修行人所为何事，我可以如是回答："是在开发人生最究竟的幸福。"这一点禅宗四祖道信早就说过了，他说："快乐无忧，故名为佛！"读到这么简单的句子使人心弦震荡，久久还绕梁不止，这不是人间最大的幸福吗？

只是在生命的起落之间，要人永远保有"快乐无忧"的心境是何其不易，那是远远越过了凡尘的青山与溪河的胸怀。因此另一个开关就显得更平易了，就是心灵的品味，仔细地体会生活环节的真义。

垂丝千尺，意在深潭

现代诗人周梦蝶，他吃饭很慢很慢，有时吃一顿饭要两个多小时，有一次我问他："你吃饭为什么那么慢呢？"

他说："如果我不这样吃，怎么知道这一粒米与下一粒米的滋味有什么不同。"

我从前不知道他何以能写出那样清新空灵、细致无比的诗歌，听到这个回答时，我完全懂了，那是自心灵细腻的品味，有如百千明镜鉴像，光影相照，使我们看见了幸福原是生活中的花草，粗心的人践花而过，细心的人怜香惜玉罢了。

这正是黄龙慧南说的："高高山上云，自卷自舒，何亲何疏；深深涧底水，遇曲遇直，无彼无此。众生日用如云水，云水如然人不尔。若得尔，三界轮回何处起？"

也是克勤圆悟说的："三百六十骨节，一一现无边妙身；八万四千毛端，头头彰宝王刹海。不是神通妙用，亦非法尔如然，苟能千眼顿开，直是十方坐断！"

众生在生活里的事物就像云水一样，云水如此，只是人不能自卷自舒、遇曲遇直，都保持幸福之状。保有幸福不是什么神通，只看人能不能千眼顿开，有一个截然的面对。

"垂丝千尺，意在深潭。"我们若想得到心灵真实的归依处，使幸福有如电灯开关，随时打开，就非时时把品味的丝线放到千尺以上不可。

人间的困厄横逆固然可畏，但人在横逆困厄之际，没有自处之道，不能找到幸福的开关才是最可怕的。因为这世界的困境牢笼不光为我一个人打造，人人皆然，为什么有的人幸福，有的人不幸，实在值得深思。

我有一位朋友，是一家大公司的经理，有一天，我约他去吃番薯稀饭，他断然拒绝了。

他说："我从小就是吃番薯稀饭长大的，十八岁那一年我坐火车离开彰化家乡，在北上的火车上我对天发誓：这一辈子我宁可饿死，也不会再吃番薯稀饭了。"

我听了怔在当地。就这样，他二十年没有吃过一口番薯，也许是这样决绝的志气与誓愿，使他步步高升，成为许多人欣羡的成功者。不过，他的回答真是令我惊心，因为在贫困岁月抚养我们成长的番薯是无罪的呀！

当天夜里，我独自去吃番薯稀饭，觉得这被目为卑贱象征的地瓜，仍然滋味无穷，我也是吃番薯稀饭长大的，但不管何时何地吃它，总觉得很好，充满了感恩与幸福。

走出小店，仰望夜空的明星，我听到自己步行在暗巷中清晰而渺远的足音，仿佛是自己走在空谷之中，我知道，我们走过的每一步不一定是完美的，但每一步都有值得深思的意义。

只是，空谷足音，谁愿意驻足聆听呢？

不知最亲切

　　有时候出去旅行，一两个月的时间没有看电视、没有听广播，也没有读报纸，几乎对天下大事一无所知，只是心境纯明地过单纯的生活。很奇怪的是，这样的生活不但不觉得有所欠缺，反而觉得像洗过一个干净的澡，观照到自我心灵的丰富。

　　住在乡间的时候也是如此，除了随身的几本书，与一般俗世的资讯都切断了线，每天只是吃饭、睡觉、散步、沉思，也不觉得有所缺乏。偶尔到台北一趟，听到朋友说起尘寰近事，总是听得目瞪口呆，简直难以相信：原来这个世界还有那么多纷扰的人事。

　　想起从前在新闻界服务的时候，腰带上系着无线电呼叫器，不管是任何时地，它总会恣情纵意地呼叫，有时是在沐浴，有时是在睡眠，还有的时候是与朋友在喝下午茶，呼叫器就响了。那意味着在某地又发生了事故，有某些人受到伤害或死亡，有的是千里外的国度发生暴乱，有的是几条街外有了凶案，每次当我开车赶赴现场的时候，就会在心里嘀咕："这些人、这些事，究竟与我有什么相干呢？"

由于工作的关系，我差不多整天都随着世界旋转，每天要看七八份报纸，每月要看十几份杂志，每晚要看电视新闻，即使开车的时候，也总是把频率调到新闻的播报，深怕错过任何一条新闻，唯恐天下有一件我不知道的事。然后在生活里深深地受到影响，脑子里想的是新闻，与人聊天也总爱引用新闻题材，甚至夜里做的梦也与新闻有关系。

好像除了随这世界转动，我自己就没有什么好说、好想、好反省的东西了。

现在想起来，过去追随世界转动的生活真像一场噩梦，仿佛旋转的陀螺，因为转得快速，竟看不出那陀螺的颜色与形状。

用单纯之心来面对生命

这个世界有多少暴乱，呈现在资讯上的暴乱就有多少，我们每天渴求着资讯，把许多生命投注在暴乱而泛滥的讯息，就好像自己的意识亲历这样的暴乱与染着，由于投在旋转的浊流，自我也就清明不起来了。

自从离开新闻工作以后，我就试着让自己从那许多旋转着、甚至被制造出来的事件里解脱出来，尤其是报纸改成六张以后，我更试着不订阅报纸了，把从前每天早晨花在新闻上面的一两个小时节省下来，用来静思观照自己的内在。电视新闻也尽量节制，一天只看一次，夜里宁可读一些长远而有益身心的书籍。收音机的新闻也不听了，听一些轻松的音乐，以便可以专心地思考。杂志呢，则放弃那些追逐新闻内幕的周刊，只读少数经过严格制作的月刊。

经过比较长期的试验，发现自己竟然在生活中多出了许多时间，并且有机会做更多关于生命智慧的深思了。有很多时候，甚至忘记了世界上有新闻这一回事，然后，在言谈的时候、思想的时候，由于断离了新闻那浮泛的知见，得到一种感性的平安，感觉到自己在说的话是由心田中自然的流露，而不再是某某事如何，某某人怎么样的是非论断了。

这种能用单纯之心来面对生命的态度，常使我有一种从未有过的欣悦之情。

当然，这并不表示我是反资讯的，对于许多把青春投注在资讯的采集传播的朋友，我依然心存敬佩，只是我感觉到现代人把太多宝贵的时光用在那多如牛毛的讯息上，确实是生命的浪费。在每天贯耳盈目的资讯里，大部分都是"坏铜旧锡"，对一个人的生命或人格的成长是毫无益处的，有时候还不如乡间遥远的鸡犬的叫声。

生活在现代世界是无可奈何的事，我们不能把耳朵塞起来，眼睛蒙住，所以对世界也不能完全无知无感，那么，每天花在资讯上的时间千万不要超过一个小时，因为"一寸时光，就是一寸命光"。

以报纸为例，宁可选择张数少的报纸，每天大略地翻阅也就够了，若要细细阅读，百寸命光也不够用。这样想时，我就觉得田园作家大卫·梭罗说的"你应该选择对你有益的读物，因为你没有时间阅读其他的"是真知灼见，值得细细思量。

如果我们花很多时间注视外面世界的转动，哪里有时间回观内在的世界呢？

如果我们花很多精神分散在许多混乱零碎的资讯中，又哪里有专注的精神来看待自我的历练呢？

现代人的三个大病

我认为生活在重商社会的现代人，最大的三个病是：一庸俗，二复杂，三烦恼。

庸俗之病来自于在感官欲望中浮沉，不能超越。

复杂之病来自于被外在事物所扰乱，不能单纯。

烦恼之病来自于从内在思想生波动，不能平静。

三病其实只是一个病源，就是外面的资讯太发达了，使我们生出更大的欲望，以物质的追求与拥有来作为人生价值的标准，焉得不庸俗？也由于外在的资讯太有侵略性了，使我们忘失原是自己的主人，忙着分析、评论与比较，焉得不复杂？更由于外面资讯太无孔不入了，使我们每天东看西看：那个人比我有钱，这个人比我有权势，那个人比我有才干，这个人比我美丽，于是生出内在的许多贪婪、嗔怨、愚痴，焉得不烦恼？所以，我常常想，减少接触过多的讯息，就可以增加人生的平安。

也许有人不以为然，但我见过许多这样的例子，譬如住在乡下的人虽有欲望，其欲望却远不如城市人，因为他不必和人比汽车、比名牌、比房子，他也没机会天天看大百货公司打折的招牌，或甚少有机会到餐厅大吃大喝，他的欲望自然简单得多，烦恼也就少了。譬如我们小时候家里穷，从来不敢向父母要玩具，甚至也不知道世界上有叫作"玩具"的东西，自然不会像现在的孩子因要不到玩具而怨愤填膺了。譬如我认识很多不识字的人，他们从不被资讯干扰，生命的烦恼简单得多，生活就单纯得多了。

乡下人、穷孩子、文盲之所以过简单生活，是为环境所迫，有时做不得准。然而，如果一个受过良好教育的城市人，又有很好的收入，仍不免犯庸俗、复杂、烦恼之病，思有解脱之道，能够回头学习乡下人、穷孩子、文盲的方法，是很不错的。

我想到中国禅宗最关键、影响最大的人物：一是禅宗初祖达摩祖师，他到中国来竟不到处行走，而到河南嵩山少林寺面壁九年，不把时间花费在文字与知见上；一是禅宗六祖慧能，他根本不认识文字，他曾说过："下下人有上上智，上上人有没意智。"

达摩与慧能后来也曾引用经文来表达禅心，不过大部分的说法都是由自我心田流出，达摩有《入道四行论》，慧能有《六祖坛经》传世，总共加起来没有几个字，但是后世的大禅师无不依承达摩、崇拜六祖，他们的思想言论也都不出《六祖坛经》的范围。

这是多么富有启示意义呀！一个是面壁不语的壁观婆罗门，一个是一字不识的樵夫，正是最有智慧、大开大阖、惊涛骇浪的禅门宗祖，想来要越过资讯，才能认识本来的心源，不是没有道理。

在禅宗里，这叫作"不知最亲切"！

——从自己胸襟流出

清凉法眼文益禅师到南方去行脚参学，有一天突然遇到天下大雨，溪流暴涨，他只好到一个寺院去避雨，住在寺中的地藏院里。

寺里的住持是罗汉桂琛禅师，他听说有行脚僧在地藏院避雨，就过来探视，他亲切地问法眼说："你要去哪里呢？"

"我只是四处行脚罢了！"法眼说。

"行脚是什么意思？"

"不知。"（法眼一路上都遇到人问他"行脚去哪里？"首次遇到"行脚是什么？"随口就这样回答了。）

没想到罗汉桂琛竟说："不知最亲切！"

法眼听了豁然开悟，就留下来做罗汉的侍者，再也不行脚了。

这个公案很有意思，"不知最亲切"和"行脚是什么意思？"连起来看，可以使我们有两个思考，一就是六祖慧能回答惠明"还有密意否？"的问题，他说："密在汝边。"自性的密意不是行脚可以得到的，而是在自己的心田，它没有什么秘密，也不在遥远的地方。

二就是四祖道信说的："大道虚旷，绝思绝虑。"心地的光明不在知见上，不在是非观念，唯有超越了知见才能回归到与自己最亲密切近的自性光明呀!

"不知最亲切"强烈地表达了禅的超越与实践的精神,对于想得到真实智慧的人,世间的"知"反而令人走向远离之路。

慧朗去谒见大寂禅师,大寂问说:"汝来何求?"

慧朗说:"求佛知见。"

大寂说:"佛无知见,知见乃魔界。"

佛的知见尚且不可求,何况是人间纷扰的知见呢?

我们到现在还可以想象法眼听到"不知最亲切"时那目瞪口呆的神情,一个十方行脚求悟的禅者,想要追求佛的知见,却突然听见"不知最亲切"这五个字,真有如万里晴空中忽然听见天边轰然的响雷一样,智慧之门突然顿开,自性光明骤然涌现。

因此,法眼后来成为伟大的禅师,也常用相同的意趣来教导弟子,有弟子问他:"十二时中要如何修持?"

他说:"步步踏实。"

还有一位弟子问他:"什么是真道?"

他说:"第一是教你去行。第二也是教你去行。"

又有一位弟子问他:"什么是诸佛玄旨?"

他说:"是你也有的呀!"(你就有玄旨!)

另有一位弟子问他:"什么是古佛?"

他说:"现在就很好呀!"(为什么要去问古佛呢?)

法眼说的全是"不知最亲切"!求道者往往花很多时间精力去追求有关道的知识,对道而言,这些知识都很空洞,有如海上的浮沤,与其求知,不如不知,把心力转回内在光明的启发,使自性显露如珠,因为,一切都是现成的呀!

雪峰义存禅师修行很久都不能契入，深为自己不能悟道而烦恼，他的师兄岩头有一次对他说："道从门入者，不是家珍。若欲播扬大教，一一从自己胸襟流出，将来与我盖天盖地去！"雪峰听了，当下大悟。

"一一从自己胸襟出"正是"不知最亲切"。唯有穿越知识的迷障，才能截断众流，使真实的般若流露，进入亲切的真道。

一切都是现成的

禅师的境界是开悟者的境界，我们或许难以领会，不过禅的世界也并不离开生活，生活在资讯发达的我们，每天都在为知见奔忙，身心难得有片刻的歇息，因为世间言说都是一种对待观念，同一件事，同一个人，有的说"是"，有的说"非"。即使我们自己也常"觉今是而昨非"，从前认为的"是"，现在可能认为"非"。每天在是非里纠缠，何处才能安立，何时才能安顿呢？

如果不能从内在截断众流，得到安顿，就应该斩断外在的葛藤，尽量把垃圾清除，不要再让垃圾进门。我们每天打开六大张报纸，大部分与垃圾无异，我们看到贪渎者的腐味、嗔恨者的腥味、愚昧者的霉味，处处都是欲望与无知的臭气、人情与应酬的油腻，真的就能感受到禅师说"不知最亲切"是有一颗多么超越而明净的心。

法眼开悟以后，他的师父罗汉知道他还未彻悟，指着庭前的石头问他："三界唯心，万法唯识，现在庭下的石头，是在心内？

还是心外？"

法眼说："在心内。"

罗汉说："你为什么把这样大的石头放在心内呢？"

法眼无言以对，每天都想出新的答案呈给师父，全被罗汉否定了，经过一段时间，他觉得自己已经辞穷理绝了，这时罗汉对他说："以佛法论，一切都是现成的。"

法眼这时才彻底地开悟了。

我们再来深思这几句话吧！

"不知最亲切。"

"你为什么把这样大的石头放在心内呢？"

"一切都是现成的。"

这是我对治资讯泛滥的一个最简要的方法，在光怪陆离、颠倒错谬、眼花缭乱的媒体暴力里，禅师早就以非凡的智慧教导过我们，为我们抽钉拔刺，让我们能单纯坦荡地来面对世界了。

今夕，何夕?

几年前，在电视上看到一位年华老去、身躯肥胖的老牌歌星，以一种特别沙哑而沧桑的声音，唱起她年轻时唱红的一首歌：

啊……
今夕何夕
云淡星稀
夜色真美丽
只有我和你　我和你
才逃出了黑暗
黑暗又紧紧地跟着你

啊……
今夕何夕
溪水流

夜风急

只有我和你　我和你

患难相依

　　这首歌的词意很简单，没有什么特别，可是看见一位祖母级的歌星越过了三十年时光，还回头唱这首歌，就格外感到了人生怆然的悲情。对我们而言，"今夕何夕"里有着浪漫的联想，可是对一位曾红遍半边天的歌星而言，问起"今天是哪一天？今晚是哪一晚？"时，恐怕都要为之心碎吧！

　　由于这种悲情，《今夕何夕》到现在还到处流行着，后来有一位年轻美丽的歌星另外唱红了一首《今夕是何夕》的歌，歌词比前者还要令人怀想：

告诉我今夕是何夕？

告诉我此处是何处？

飘零的身影该向何方？

彷徨的心无所归依。

天注定让我遇见你，

却为何又遥不可及？

纵然是将你拥入怀里，

也知道相依只是瞬息。

如蜡炬的烧尽自己，

如灯蛾的扑向火去，

今后将在水里火里，

放不下的也只有你，

虽然相会，永远无期。

如秋云的随风飘逝，

如玉石的沉落海底，

今后不止千里万里，

见我也只有在梦里，

长恨悠悠，无尽期。

　　这首歌哀怨感伤，但它动人的不只是歌曲，而是对流行歌曲
有很大贡献的慎芝女士，写完这首歌不久后就离开人世了，我觉
得在她一生所写的歌曲里，有两首意境最感人的歌，可以作为
流行歌的经典，一首是《最后一夜》，另一首就是《今夕是何
夕》，其中有历经人间沧桑、看清世法无常的感慨，所以才能如
此感人。

明日隔山岳，世事两茫茫

　　对于心思细致敏感的人，光是想到"今夕何夕"四个字就会
有无限感伤，这也是中国诗歌里一种非常动人的心情，"今夕何
夕"的吟唱应该是始自杜甫的一首《赠卫八处士》，这首诗早就

是唐诗里人人会诵的经典了：

> 人生不相见，动如参与商。
>
> 今夕复何夕？共此灯烛光。
>
> 少壮能几时，鬓发各已苍。
>
> 访旧半为鬼，惊呼热中肠。
>
> 焉知二十载，重上君子堂。
>
> 昔别君未婚，儿女忽成行。
>
> 怡然敬父执，问我来何方？
>
> 问答乃未已，驱儿罗酒浆。
>
> 夜雨剪春韭，新炊间黄粱。
>
> 主称会面难，一举累十觞。
>
> 十觞亦不醉，感子故意长。
>
> 明日隔山岳，世事两茫茫。

二十年前相识的时候，你还没有结婚，今日相见，你的儿女已经成行。因为会面如此艰难，仿佛才一举杯就喝了十大杯酒了，感知你不忘故人的情意，喝了十杯也没有醉意。想起人生里难以相逢，就好像天上的参星与商星永远相背地转动，今夜是哪一夜呀！竟能一起在烛光下饮酒，再干一杯吧！明天一别又像被山岳阻隔，世事都会变成茫茫的一片了。

杜甫是多么深刻地触及了人生两个重要的命题，一是世事无常，二是情意难住。在生命不断的转动里，人除了感慨怀思，是无能为力的，由于今夕何夕是梦一样，何不好好地来珍惜今夜呢？

这种无常的忧伤、难住的情怀，历代的诗人都有不同的表白，唐朝诗人贾至有一首送别的诗是：

> 雪晴云散北风寒，楚水吴山道路难。
> 今日送君须尽醉，明朝相忆路漫漫！

宋朝的欧阳修写的《浪淘沙》更加细腻浪漫：

> 把酒祝东风，且共从容。
> 垂杨紫陌洛城东。
> 总是当时携手处，游遍芳丛。
>
> 聚散苦匆匆，此恨无穷。
> 今年花胜去年红。
> 可惜明年花更好，知与谁同？

今年的花开得比去年更红，可惜已经无法与你共游了，想到明年的花可能比今年更好，但那更可惜，因为不知道要和谁一起欣赏呀！欧阳修的"可惜明年花更好，知与谁同"给我们一种对未来渺茫之叹，但比起杜甫的境界还是差了很远。我觉得最能继承杜甫情思的，是明朝诗人袁凯的《客中除夕》：

> 今夕为何夕？他乡说故乡。

看人儿女大，为客岁年长。

戎马无休歇，关山正渺茫。

一杯柏叶酒，未敌泪千行。

心热如火，眼冷似灰

读了这么多"今夕何夕""今日明朝""今年明年"的诗歌，真让我们感觉茫然不已。一个日子在我们的生命逝去，有如闪电眨眼那样快速，有如猫爪滑过那样无声，有如和风吹拂那样不可捕捉，每一天夜里，当我们忙完了一天的事务，躺在床上都不免怅惘：这就是我的一天过去了吗？

比较敏感的人会想到今天与明天的问题，会想到昨夜，想到去年此夜，想到某年某月的某一天，然后怀着一点憾然睡去。

更敏感的人，就会因为这样失眠了！

时间空间的转动竟是如此无奈，青春不在、情爱不在、人生许多可珍惜的细节都已不在了，如果我们因此情绪被波动，就会沉溺其中永无出期！我们的心仍然与从前一样热，我们的眼却不必像从前那样热，我们或者可以在变动中有一种冷静的观照。

我很喜欢日本的宗演禅师的座右铭："我心热如火，眼冷似灰。"

宗演曾为自己立下一个终生奉行的守则：

晨起着衣之前，燃香静坐。

定时休息，定时饮食；饮食适量，绝不过饱。

以独处之心待客，以待客之心独处。

谨慎言词，言出必行。

把握机会，不轻放过，但凡事再思而行。

已过不悔，展望将来。

要有英雄的无畏，赤子的爱心。

睡时好好去睡，要如长眠不起。

醒时立即离床，如弃敝屣。

这虽是禅师自勉的格言，对于容易耽溺缅怀的我们，也是非常有用的，如果能像宗演那样，只有今夕，就没有昨夕明夕与何夕了。他的"睡时好好去睡，要如长眠不起。醒时立即离床，如弃敝屣"特别使我们心惊，令我想起文天祥在处于最险厄之境时，曾写过两句话："存心时时可死，行事步步求生"，忠肝义胆的孤臣与云胸水怀的禅师竟有如是相似的格言，使我们知道要从绝处里逢生，要昨死今生，非得有断然的气概不可。

当代修行极有成就的叶曼居士，有一次对我说，她把文天祥的"存心时时可死，行事步步求生"，略作改动，变成"时时可死，步步求生"，真是改得妙，一个人随时随地可以死去，是多么潇洒，而一个人每一步都往活的地方走，是多么勇毅。反过来，对于那些醉生梦死之辈，就是"时时可生，步步求死"了。

晴空有云，不改蔚蓝本色

"今夕何夕"是一个如真似幻、梦幻泡影、迷离朦胧的命题，人在某一种时空里免不了会沦入那样的悲情，其实是没有什么要紧的，只看我们有没有好的观点来看清过往的历程罢了。

药山惟俨禅师有一天在庭院里散步，弟子道吾与云严在旁边随侍，药山指着两棵树，一棵是枯干的树，一棵是繁茂的树，问道吾说：

"是枯的对，还是荣的对？"

"荣的对。"道吾说。

药山说："灼然一切处，光明灿烂去！"

然后转向云严：

"是枯的对，还是荣的对？"

"枯的对。"云严说。

药山说："灼然一切处，放教枯淡去！"

这时候，有一位小沙弥走过，药山把他叫住，问他：

"是枯的对，还是荣的对？"

小沙弥说："枯者从它枯，荣者从它荣。"

药山说："不是，不是。"

这个故事，可以用来印证我们"今夕何夕"的观点，如果像道吾说的是繁茂的对，那么世界就是一片光明灿烂的锦绣了。云严看师兄说错了，赶紧改口，但也不对，因为如果枯干是对，世界就会萧索单调地走向枯寂之路。小沙弥说枯干的让它枯干，繁茂的任它繁茂，这也不对，因为这就失去了人生的观点，不能自己做主了。

对一棵树，枯是荣的最后，荣是枯的最初，因此枯与荣是不可分的，枯荣是一，没有分别。在药山的眼中，是进入了枯荣的本质，他眼里就是树。

对一个人的情境，今夕乃是昨夕的结果，昨夕正是今夕的过程，因此今夕与昨夕是不可划分的。人生的路是一，没有分别，我们能不能有真实之眼去超越枯荣的表相，来看见自己的本质呢？

有时候在月明星稀的夜里，我也会不自觉地吟哦起白光的《今夕何夕》，或曾庆瑜演唱的《今夕是何夕》，这时候我会想，我们不要畏怯生命的感怀、生命的忧伤，乃至生命里忘不了的悲情，那就像晴空里有云，早晨有飞舞的晨曦，黄昏有辉煌的晚霞，都不能改变天空蔚蓝的本色，有时反而增加了蓝天的绚丽。

飘过，美丽过，一点也不染着，是多么好呀！

庞居士问赵州禅师："和一切无关的人，究竟是什么人？"

让我们先深吸一口气，再来看赵州的回答：

"他不是人！"

能和一切有关，能从昨夕走到今夕，还能怀抱着希望走向生命的远方，在某一个层次上是很幸福的！

沉默的君王

我回乡下过年，在高雄小港机场下飞机，叫了一辆计程车。计程车司机正是几天前歌星王默君、芝麻、龙眼发生车祸的目击者，他开车到半路停下来等红绿灯的时候，指着旁边说："这就是王默君被撞死的地方，她的脸整个被撞毁了，削去一半，唉！多么美丽清纯的女孩子呀！"

那几天我一想到王默君的车祸就感到心酸，有几次甚至忍不住要落泪，虽然在我们居住的这个岛上，听到车祸的消息已经很平常，不会令人有任何惊怕了，可是像王默君那样美丽、清纯、青春、可爱的少女，在刹那间就从这个世界消失，想起来真是令人难信，并且悲从中来。

二十几岁正是在天空飞翔的年龄，怎么会发生这么残忍惨痛的事呢？

计程车司机是个五十几岁的先生，他说起王默君的车祸感慨不已，认为那个计程车司机应该以谋杀来定罪，否则不足以安慰亡者的魂魄。

后来，车子开上高速公路，往楠梓的方向行去，才过没有多久，他指着路旁说："这里就是昨天歹徒枪杀两位年轻警察的现场。"他一边开车，一边向我描述警察被枪杀的惨状，然后对我说："被杀死的那位，是你们旗山人呢！"

回到家里，我才知道那位年轻的警察不只是我的同乡，还是我的街坊，住在我老家同一条路不远的地方，他的死，已经引起小镇里热切的谈论，闻者无不动容，因为这位不幸的青年警察，才结婚一个月呢！

"结婚才一个月哪！夭寿喔！"老一辈的人都这样说，特别是那些与他熟识的人，说着说着，眼眶就红了。

今年过年，有好几次我登上家附近的鼓山，爬到最顶端，看到即使在冬天也非常苍郁的林木，放眼看着台湾南部晴朗无云的蓝天，每每感到心伤，思考到人是多么脆弱，人生是多么无常！家乡的鼓山由于形状像一面鼓而得名，从前传说它在夜临黄昏之际会敲出动人的鼓声，我以前不信这个传说，但这一回在黄昏时思考人间悲切的问题，竟仿佛听见了动地而来的鼓声，心门为之掀动。

百年三尺土，万古一堆尘

在鼓山上读明朝莲池大师的文集，他是净土宗的祖师，三十三岁才出家，当时他已娶妻生子了，到六十岁的时候写了六首诗送给俗家的妻子，诗名《东家妇》：

东家妇，健如虎，腹孕常将年月数。
昨宵独自倚门间，今朝命已归黄土。

目前人，尚如此，远地他方哪可指？
问将亲友细推寻，年去年来多少死？

方信得，紫阳诗，语的言真不可欺。
昨日街头犹走马，今朝棺里已眠尸。

伶俐人，休瞌睡，别人与我同一类。
孤儿相看不较多，见前于着傍州例。

钻马腹，入牛胎，地狱心酸实可哀。
若还要得人身后，东海搐铍慢打捱。

我作歌，真苦切，眼中滴滴流鲜血。
一世交情数句言，从与不从君自决。

这是一代高僧写给俗世妻子的诗歌，谈的是"无常"，言恳词切，读到"眼中滴滴流鲜血，一世交情数句言"，真足以令人动容！我们面对人生的无常确是如此，有如眼里心中的血泪，大部分是令人措手不及的。我们时常在禅诗里读到这样的句子：

"百年三尺土，万古一堆尘。""萧萧烟雨九原上，白杨青松葬者谁？""玄鬓忽如丝，青丛不再绿。""电光瞥然起，生死纷尘埃。"生死恍如只在一刹那，充满了人间的悲情。

佛教里有"四念处"，就是"观身不净，观受是苦，观心无常，观法无我"，教我们念念观照身体、感受，乃至心念的流动，来证得因缘的空性。最重要的警示当然是无常了，身体会败坏、感受会起落、意念不能长住，都是一种无常的迁流。这样看，何待生死之际才能知道无常？每一个人生阶段的改变，每一段情感的转折，甚至每一个念头的起灭，分分秒秒都是无常呀！

人生推进的自然之程，也正是无常流动的必然之路，因而如何来接受生命的变化，成为人在成长中的重要课题，可悲的是我们往往只能接受成功，却不能坦然地面对失败，尤其是情感的失败最不能接受，因为情爱的感受向来比金钱事业的感受来得热切与深刻。

其实，情感的成败也只是无常的一幕戏剧罢了，与人生其他的戏一样。

大河永远向海洋流去

从本质上看，情感的失败与生命里的一切失败是相同的，朋友的背弃、亲人的远离、事业的破产、考试的落榜、疾病的困境、生死的变灭等等悲剧，其本质都与情感失败相类似，可是为什么我们遭遇到别的失败时没有欲生欲死、生不如死呢？那不是情爱有特别伟大之处，只因为情感格外能令人迷障的缘故。

从长远处看，任何情感的最后终结都是无常的哀痛，一时情感的成功并不表示爱情就可以常住。所谓情感成功就是圆满成婚，然而结婚后离异的比率并不比失恋来得少，说不定离婚的苦痛还胜过未婚前失恋的折磨呢！则"恋爱成功"的结婚并不保证能"永浴爱河、永结同心"，极有可能是演出更大的一出悲剧。若两人真是情爱深刻，能数十年携手在人生道上前进，数十年后必会面临一人先死的离别局面，当时对无常的悲痛感慨说不定还胜过中年时离婚的痛苦！

从清净处看，情感失离的痛苦原是人生最自然的部分，一点也不奇怪。佛陀早就说过人生的八种苦是："生苦、老苦、病苦、死苦、爱别离苦、怨憎会苦、求不得苦、烦恼炽盛苦。"这八种苦样样都与情爱有关，若没有爱欲，何来生老病死？若爱欲不深，何来别离苦、怨憎会、求不得、烦恼炽盛呢？

所以，我觉得一个人要得到内心真实的平安，必须对情感的变化淡然处之，万一不能淡然处之，也应该看清无常之理，才不至于被突来的失败所击溃，要知道，生命里像失恋这样的失败还多得多呢！

从歌星王默君的遽逝，想到无常变迁之迅速，"无常"确实是一位"沉默的君王"，我们人生的波涛汹涌都是被它所牵动流转的。

无常的本身并无是非悲喜可言，我们在欢喜成功之际，感觉生命的变动是好的，值得歌颂的；我们在悲痛失意之时，感觉无常的迁流是坏的，令人怀忧的。但是，这都仅是个人的感受，有如大河上的枯叶花瓣，转瞬就会无踪，大河的本身只是永远地向海洋流去，是不会因我们的感受而改变面目的。

如此思索起来，无常不是真正可悲的所在，在无常里迷失本性，在成功中就沉迷，在失败时就沦落，甚至为远去的成败或狂歌失态或颓丧忧悔，这，才是最大的悲哀，宋朝的方会禅师写过一首偈：

心随万境转，

转处实能幽。

随流认得性，

无喜亦无忧。

让我们细心体会，并来超越生命的无常吧！

我的释迦不卖

我到乡间市场去买水果，卖水果的老板进屋去拿钱来找我，我站在水果摊边等他。

忽然有两位青年走到我面前，大声地叫我："喂！老板，你的释迦一斤多少钱？"

由于我正在念佛，被突如其来的叫唤吓了一跳。我在生活里虽没有时间做特定功课，不过一有空我就念佛，像等车的时候、坐火车的时候、走路的时候、喝茶的时候，故因而常错过班车或乘车过站，念得特别好的时候，有人唤我，我的感觉常是从净土里突然被拉回浊世。

我回过神来，突然大声地说："我的释迦不卖，但是他的释迦一斤二十四元。"这时老板正好从屋内出来，我就指着他说。当时，我也被自己的声音吓一跳，因为已经有很多年，我没有对别人大声讲话了。

返家的时候，我玩味自己说的"我的释迦不卖"这句话，看到山路上花树青翠，晴空中白云朵朵。是的，作为一个佛的弟子，虽然菩萨行是要善巧方便，是要无限慈悲，可是菩萨行并不是没有原则、不要庄严的，有很多时候真是"我的释迦不卖"！所以，古代的祖师曾说："宁可粉身及碎骨，不将佛法做人情！"

我不卖的释迦是什么呢？

一、凡是有对佛菩萨不敬的言辞与行为，绝对不假以辞色，立刻给予指正，这是"我不卖的释迦"。

二、对众生虽然随顺，但对于佛所说的"因缘法""因果律"绝不随意扭曲，这是"我不卖的释迦"。

三、认定任何人都可以学佛，但对于杀、盗、淫、妄、酒绝不方便说是无碍的，这是"我不卖的释迦"。

四、不论外人如何谈论出家法师与在家居士的是非，但愿不要有一句批评的言辞由我口中吐出，这是"我不卖的释迦"。

……

每个人都应该有他修行的原则，有不能作为人情奉送的东西，希望作为佛弟子的我们，都能为法而行，不要出卖我们最尊贵的释迦。

特别是当我们听到不修五戒也可以学佛的"方便语"时，更是心如刀割，让我来引《楞严经》里佛陀对阿难说的话：

第一清净明诲："若不断淫，修禅定者，如蒸砂石，欲其成饭，经百千劫只名热砂。"

第二清净明诲："若不断杀，修禅定者，譬如有人自塞其耳，高声大叫，求人不闻，此等名为欲隐弥露。"

第三清净明诲："若不断偷，修禅定者，譬如有人水灌漏卮，欲求其满，纵经尘劫，终无平复。"

第四清净明诲："若不断其大妄语者，如刻人粪为栴檀形，欲求香气，无有是处。"

五戒如何能善巧方便呢？不论是教、宗、律、净、密都应该把五戒当成是"我们不卖的释迦"。

每次看到名为"释迦"的水果，就会想起佛陀头上的肉髻，觉得那水果长得真美。台湾乡间还有一种可以泡茶的水果叫"佛手"，长得圆圆满满、芬芳独特，非常令人喜爱。我也喜欢街头的菩提树，只因佛陀曾在那样的树下证道。

凡是与佛菩萨有关的一切，我都充满了情感，我都热爱。

我有很多不卖的释迦，但是我也有卖的释迦，像我对佛的感情、热爱与向往，像我知道的佛的大悲、菩提与般若。我不但卖，还要推着摊车在大街小巷推销，让人免费地取用。

水晶石与白莲花

　　在花莲盐寮海边，有一种石头是白色的，温润含光，即使在最深沉的黑暗中，它还给人一种纯净的光明的感觉。把灯打开，它的美就砰然一响，抚慰人的眼目。把它泡在水里，透明纯粹一如琉璃，不像是人间之石。

　　听孟东篱谈到这样的石头，我们在夜晚就去到了盐寮海边，在去的路上他说："这种石头被日本人搜购了很多，现在可能找不到了。"等我们到了盐寮，他一一敲开邻居的大门，虽然在夜里九点，海滨乡间的居民都已经就寝了。听我们说明来意，孟东篱的第一个邻居把家里珍藏的水晶石用双手捧着出来说："只有这些了。"

　　数一数，他的手里只有八颗石头。

　　幸好找到第二个邻居，她用布袋提出一袋来，放在磅秤上说："十公斤，就这么多了。"

　　然后她把水晶石倒在铺了花布的地板上，哗啦一声，一地的琉璃，我们的惊叹比石头滚地的声音还要哗然。

我一向非常喜欢石头，捡过的石头少说也有数千颗，不过，这水晶石使我有一种低回喟叹的感受，在雄山大水的花莲竟然孕育出这许多透明浑圆、没有缺憾的石子，真是令人颤动的呀！

妇人说，从前的海边到处都是这种石头，一天可以捡好几公斤，现在在海边走一天，只能拾到一两粒，它变得如此稀有，是不可思议的。

疑似水晶的石头原不产在海里，它是花莲深山的蕴藏，在某一个世代，山地崩裂，石块滚落海岸，海浪不断的磨洗、侵蚀、冲刷，使其成为圆而晶明的面目。

疑似水晶的石头比水晶更美，因为它有天然的朴素风格，它没有凿痕，是钟灵毓秀的孕生，又受过海浪永不休止的试炼。

疑似水晶的石头使人想起白莲花，白莲花是穿过了污泥染着的试探，把至美至香至纯净的花朵高高标起到水面，水晶石是滚过了高高的山顶、深深的海底，把至圆至白至坚固的质地轻轻地滑到了海滨。

天地间可惊赞的事物不少，水晶石与白莲花都是；人世里可仰望的人也不少，居住在花莲的证严法师就是。

第一次见到证严法师，就有一种沉静透明如琉璃的感觉，这个世界上有些人不必言语就能给人一种力量，那种力量虽然难以形容，却不难感受。证严法师的力量来自于她的慈悲，还有她的澄澈，佛经里说慈悲是一种"力"，清净也是一种力，证严法师是语默动静都展现着这种非凡的力量。

她的身形极瘦弱，听说身体向来就不好；她说话很慢很慢、声音清细，听说她每天应机说法、不得睡眠，嘴里竟生了痤疮；她走路很从容、轻巧，一点声音也无，但给人感觉每一步都有沉重的背负与承担。

她吃饭吃得很少，可是碗里盘里不会留下一点渣，她的生活就像那样子一丝不苟。

有人问她："师父天天济贫扶病，每天看到人间这么多悲惨事相，心里除了悲悯，情绪会不会被迁动，觉不觉得苦？"

她说："这就像爬山的人一样，山路险峻、流血流汗，但他们一点也不觉得辛苦，对不想爬山的人，拉他去爬山，走两步就叫苦连天了。看别人受苦，恨不能自己代他们受，受苦的人能得到援助，是最令我欣慰的事。"

我想，这就是她的精神所在了，慈济功德会的志业现在已经全台湾都知道了，它也是近代中国最有象征性的佛教事业，大家也耳熟能详，不必赘述，我来记记两次访问证严师父，我随手记下的语录吧：

"这世间有很多无可奈何的事、无可奈何的时候，所以不要太理直气壮，要理直气和，做大事的人有时不免要求人，但更要自己的尊严。"

"未来的是妄想，过去的是杂念，要保护此时此刻的爱心，谨守自己的本分，不要小看自己，因为人有无限的可能。"

"人心乱，佛法就乱，所以要弘扬佛法，人心要定，求法的心要坚强。"

"医生在病人的眼里就是活佛，护士就是白衣大士，是观世音菩萨，所以慈济是大菩萨修行的道场。"

"这世界总有比我们悲惨的人，能为别人服务比被服务的人有福。"

"现代世界，名医很多，良医难求，我们希望来创造良医，用宗教精神启发良知，以医疗技术来开发良能，这就能创造良医。"

"我一开始创建慈济的时候是救穷，心想一定要很快消灭贫穷，想不到愈救愈多，后来发现许多穷是因病而起的，要救穷，就要先救病，然后才盖了医院。所以，要去实践，才知道众生需要的是什么。"

"不要把阴影覆在心里，要散发光和热，生命才有意义。"

"菩萨精神是永远融入众生的精神，要让菩萨精神永远存在这个世界，不能只有理论，也要有实质的表现。慈济与愿力是理论，慈济的工作就是实质的表达，我们希望把无形的慈悲化为坚固的永远的工作。"

"一个人在绝境时还能有感恩的心是很难得的，一个永葆感恩心付出的人，就比较不会陷入绝境。"

"每一分菩提心，就会造就一朵芳香的莲花。"

"当我决心要创建一座大医院时，一无所有，别人都告诉我那是不可能的，但我有的只是像地藏菩萨的心，这九个字给我很大的力量：我不入地狱，谁入地狱！"

"我得过几次大病，濒临死亡，我早就觉悟到人的生命不会长久，但每次总是想，如果我突然离开这世界，那么多孤苦无依的人怎么办？"

......

这都是随手记下来的师父的话，很像海浪中涌上来的水晶石，粒粒晶莹剔透，令人感动。

师父的实践精神不只表达在慈济功德会这样大的机构，也落实在生活的每一个细节，她们自己种菜、自己制造蜡烛、自己磨豆粉，"静思精舍"一直到现在都还保有这种实践的精神。甚至这幢美丽朴素的建筑也是师父自己设计的，连屋上的水泥瓦都是来自她的慧心。

师父告诉我从前在小屋中修行，夜里对着烛光读经，曾从一支烛得到了开悟，她悟到了：一支蜡烛如果没有心就不能燃烧，即使有心，也要点燃才有意义，点燃了的蜡烛会有泪，但总比没有燃烧的好。

她悟到了：一滴烛泪一旦落下来，立刻就被一层结出的薄膜止住，因为天地间自有一种抚慰的力量，这种力量叫"肤"。为了证验这种力量，她在左臂上燃香供佛，当皮被烧破的那一刹那，立即有一阵清凉覆盖在伤口上，那是"肤"，台湾话里，孩子受伤，妈妈会说："来！妈妈肤肤！"这种力量是充盈在天地之间的。

她悟到了：生死之痛，其实就像一滴烛泪落下来，就像受伤了，突然被肤。

她悟到了：这世界无时无刻不在对我们说法，这种说法常是无声的，有时却比声音更深刻。

师父由一支蜡烛悟到的"烛光三昧"，想必对她后来的行事有影响，她说很喜欢烛光的感觉，于是她自己设计了蜡烛，自己制造，并用蜡烛和人结缘。从花莲回来的时候，师父送我五个

"静思精舍"做的蜡烛。

回台北后，我把蜡烛拿来供佛，发现这以沉香为心的蜡烛可以烧十小时之久，并且烧完了不流一滴泪、了无痕迹，原来蜡烛包覆着一层极薄的透明的膜，那就是师父告诉我的"肤"吧！我站在烧完的烛台前敛容肃立，有一种无比崇仰的感觉，就像一朵白莲花从心里一瓣一瓣地伸展开来。

证严师父的慈济志业，三十余万位投身于慈济的现代菩萨，他们像蜡烛一样燃烧、散发光热，但不滴落一滴忧伤的泪，他们有的是欢欣的菩萨行。

他们在这空气污染、混乱浊劣的世界，像一阵广大清凉的和风，希望凡是受伤的跌倒的挫败的众生，都能立刻得到"肤肤"，然后长出新的皮肉。

他们以大悲心为油，以大愿为炷、以大智为光，要烧尽生命的黑暗，使两千万人都成为菩萨，使我们住的地方成为净土。

慈悲真是一种最大的力呀！

我把从花莲带回来的水晶石也拿来供佛，觉得好像有了慈济，花莲的一切都可以作为天地的供养，连"花莲"两个字也可以供养，这两个字正好是"妙法莲花"的缩写，写的是一则千手千眼的现代传奇，是今日世界的《观世音菩萨普门品》！

曼妙的云

在往南投山中的小路，两旁的荔枝树结满果实，果实都已成熟了，泛着深沉饱满的红色，累累团聚在柔软的枝条，仿佛要垂到土地上一般。

荔枝园里戴斗笠的农妇正忙着收成，在蔚蓝的天空下，空气轻轻地流动，使忙碌采收荔枝的动作呈现出一种安静优美的图像，有如印象派的田园作品。

在这块土地上，我每回看到农作丰收，看到农人收成自己的辛勤果实，都感到深受震动，童年每一次收成的欢愉就从深处被唤醒出来，觉得生命或不免悲苦，收成至少使我们感受到有一个幸福的希望。

尤其是在这条路，正要去拜见印顺导师，使我的心似乎随着山路往上提升，因为这是我向往已久的心愿了。

我在学佛之初，曾深受印顺导师所著《妙云集》的影响，当时对佛经一知半解，阅读经典格外辛苦，常常往佛教的书店去钻，一次就搬回来一大箱书，有一次请回一套《妙云集》，看了一个月之久，我长久以来对佛教的谜团都在这套书里找到了答案，而我在思想上无法转动的凝滞，也在《妙云集》里得到了疏解。

一直到现在，印顺导师的《妙云集》还对我有几个重要的影响，一是要出世与入世并重，二要佛学与学佛并行，三要大乘与小乘同钻，四要超越神化与俗化，五要走向平实与长远，总而言之，就是在中道里，一步一步稳健地向前。

对初学佛的人，不免多少会落于两边，例如认为佛教是在寻找来世的解脱之道，因此就忽视了今生；例如认为实践是唯一重要的，不必浪费时间阅读经典；例如要就学大乘菩萨，小乘实在不值一观；例如着眼于炫奇的神通，不能回观平凡的众生；例如追求感应，而不能落实于现实生活……我在刚开始的时候，偶尔也会有这种偏失，幸好那时候读了《妙云集》，使我知道，真正的佛教实有更宽广的风格与更高远的境界，尤其是其中的"佛法概论""成佛之道"，以及关于经典的讲记，更使我的眼界大开，从此读佛经有如开罐饮蜜，终于尝到法味。

是以后来有人问我初学佛的人应该读哪些佛书，我都劝他们读《妙云集》，如果没有时间，读读《妙云选集》也是很好的，能建立起我们坚强的正知正信的基础。

由于有这一段《妙云集》的因缘，在我的心中，印顺导师是"和天一样高"的法门龙象，若以学术成就观之，也是国宝级的人物。这些年来，我参访过不少高僧大德，唯有印顺导师近年隐居山间，不接见访客，一直无缘亲近，这次因缘殊胜可以拜见，竟使我在前一天的晚上为之失眠，甚至快到他居住的地方，心口不由自主地怦怦乱跳，随行的朋友说，看我兴奋的样子，一点都不像是个修行人。

导师果然隐居在荔枝园子里，屋前屋后都被荔枝树包围，他的侍者出来接待我们，手里端一盘荔枝说，导师身体违和，所以在楼上休息，嘱我们先吃点荔枝，他要上楼通报。我便边吃荔枝边观察环境，导师住在一幢极朴素整洁的二层洋房，屋前有一个格局虽小，却花树繁盛的花园，蝴蝶、蜜蜂、蜻蜓在院子里飞舞，不时传来一声极清越的鸟声，即使是早晨时分，也可以感受到这是极端宁静的所在。

同行的雅璇看我荔枝已经吃了半盘，说："我们还是先上楼向导师请安吧！"

导师坐在临东边的大窗前，看到我们，露出和煦的微笑说："你们来了呀！坐坐！"声音清爽结实。

礼拜过后，一时不知说些什么，竟沉默了一阵，他微笑地看着我们说："你们的信我收到了，问的问题都很大呀！恐怕短短的时间说不清楚。"这时我才正视他，发现与我在书里得到的印象有一点点的不同，书里的导师智慧如海，是严肃而知性的，就是他的相片看起来也是威严庄肃，但现在坐在我面前的导师全身的每一个细胞都散发着慈悲的香气，那样的温和而感性，真是出乎我的意料。

导师已经八十四岁，但他的气色看起来好极了，就像窗前荔枝的颜色，他坐在那里，给我的感觉是窗内窗外都有太阳。对于我们的来访，他很高兴，一直问我："喝茶了没有？"当他说这一句时，使我想起赵州禅师。

我对导师说，我读过他的《妙云集》，还有《中国禅宗史》和《空之探究》，获得许多法益，他不住地说："很好，很好。"

我会读《中国禅宗史》和《空之探究》，是有一次我的皈依师父圣严法师问我："你读过《中国禅宗史》和《空之探究》没有？"我摇头。师父说："你好好地读，对你了解禅宗是有帮助的。"后来我仔细阅读，果然给我很大的开启，理清了我对禅宗一些纠葛的思路。我把这一段报告给印顺导师听，他说，中国禅宗自己发展出很伟大的风格，它丰富了禅定的内容，使其可以在生命里实践，甚至在生活的每一细节展现出来，尤其是六祖的顿悟禅，使禅的生气勃发，成为般若的大海，真是了不起的成就，所以中国人应该特别珍惜禅宗。

我又问说："禅宗是不是大乘呢？"

导师笑起来："当然是了。"

他的理由是，禅宗里讲身心净化，是要内净自心，外净世界，不是自我求了脱，因为一旦破了我执，世界与我就无所分别。而禅者也讲慈悲与智慧，其修行的顿悟，正是慈悲与智慧真正的实现。他说："最重要的是实践，实践是禅最要紧的东西。"

许多人都知道印顺导师是当代伟大的思想家，对佛教学术有非凡的贡献，甚至以为他是个"学者"，其实在他的著作里，经常提示学人要实践，要学佛与佛学并重，不可使佛教成为理论。他自己当然是个实践者，他一向主张不只佛教徒要实践佛法，也要用佛法来改善现实社会，使佛法成为改进世间的方法，那是因为佛法以有情为本，它应该以大众为对象，使众生得到利益。

导师自幼体弱多病，经常活在生死边缘，我们读《印顺导师学谱》就知道，他几乎年年都生大病，有好几次甚至预立遗嘱，可以说他从来没有健康过，但是他从二十六岁开始佛学写作，五十几年来从未间断，时常病倒在床，仍然著述不断，他的信仰之坚定，毅力之坚强都是非凡的，他的为法忘躯就是最伟大的实践，也正是大乘菩萨的精神。

他常说："信仰佛法，而不去实践，是本末倒置的。"我们今天读导师的书，应该认识到他的实践精神才好。

后来，我们把椅子搬到院子来谈，导师的谈兴很好，他的声音铿锵有力，丝毫没有老态，他说到文殊佛教中心在谈的两个题目："佛教徒应不应该有王永庆？""佛教徒的婚姻观。"他说，佛教徒应该用几个角度看问题，一是自然，二是广大，三是圆融。金钱与婚姻都可以作如是观，只要有正命正业，佛教徒赚大钱没什么不好，正可以回馈社会，做布施行。婚姻也是如此，若能互相鼓舞，也可以成为佛化家庭，对社会有正面和良性的影响。

他说："我们学佛的人不要看这个也不对，看那个也不对，什么都要扫来心里放着，这就是自寻烦恼。"导师的幽默，使我们听了都哈哈大笑，感觉到如同院子的阳光一样温暖。

我们谈了近两个小时，侍者来说导师应该休息了，大家才恭送导师回房。

在回来的路上，有一个人问我："为什么称印顺导师为导师呢？这是个很特别的称呼呀！"

这个因缘可能很多人不知道，导师在三十六岁时（一九四一年），他的学生演培法师在四川合江县法王寺创办法王学院，礼聘他为"导师"，从此学众都称他"导师"。他初来台湾，台北善导寺也聘为"导师"，从此教内教外都称他为导师。正如后辈学佛的人称"广钦老和尚""宣化上人""悟明长老""忏公"（忏云上人）"圣严禅师""星云大师"一样，"印顺导师"也标明并彰显了他名称的特质，正是引"导"千千万万的佛子走向了学佛正轨，足以为人天"师"范。

告辞导师下山的路上，我感到天地清朗，南投山上正飘浮着几朵单纯洁净的白云，俯视着人间，我想到导师曾写过一首偈：

愿此危脆身，仰凭三宝力；

教证得增上，自他感喜悦。

不计年复年，且度日又日；

圣道耀东南，静对万籁寂。

思及导师的人格与风范，在仰观苍空的时候，使我们有豁然之感，而天上的白云则是自由而曼妙，恍如最庄严的白莲花，在最高的地方，犹自在开放！

珠玉枇杷

　　到南投乡间的灵源山寺去拜见妙莲老和尚，已经干旱了数月的中部，在这一天突然大雨滂沱，许多人家都把家里的塑胶桶子搬到庭院外面来承接雨水，这样的惜福画面已经许久没有看见了。

　　车子在泥泞的山路间转半天，司机说再也上不去了，我们于是下车在雨中步行，雄浑的寺院在山的顶端，沿路可以俯望雾气山风中的梯田，春耕后的稻子正欢欣地抬头看满天的绵绵之雨。

　　我想到今天天未亮就被朋友唤醒，他说："我们一起去看一位非常伟大的法师。"

　　他讲的法师正是妙莲老和尚，妙老从前住在香港，曾经闭关长达二十几年，因此往往只闻其名，未能亲仰他的风采，一个人有二十余年的时间闭住在关里，而竟然盛名满天下，得到中外人士的景仰，这也算是一个神奇的事吧！

　　妙莲老和尚最神奇的还不在此，他曾修习净土法门的"般舟三昧"多达十几次。"般舟三昧"是很难的修行方法，每修一次要九十天，在这九十天中要二十四小时保持在念佛奔行的状态，不能有一丝昏沉。在关房中横挂着一条绳子，行香念佛累到不能支持时，只能在绳上稍微依靠，像这种想象中只有古人在修行的法门，没想到今日仍有人修，而且连修十几次。

我曾访问过台北十方禅林的住持从智法师，从智师父曾修过四次"般舟三昧"，他说到修"般舟三昧"时的经过，九十天不眠不休，到最后连绳子也不敢靠，因为一靠便倒，只好用绳子把自己的双手绑着挂在墙上，即使是如此，身体犹一直往下坠去。听得我心弦震动，久久难已。

从智师父说："很可惜一直没有修成功，应该一天二十四小时都保持清明，可是我最多只能保持二十二小时的清明，另外有两小时总是破不了。"

"师父，什么叫般舟三昧的成功？"我说。

他说："成功就是破了一切执着，达到无人相、我相、寿者相、众生相。"

从智法师经常说的一句话是："修行是骗不了人的。即使不开口，也知道有没有。"

这两位修行"般舟三昧"的师父都是我所崇敬的，他们使我们在茫茫的人世中闻到了修行者的消息，好像在山林间的危壁上看见一株纯净的百合花开放，香气在四周流荡。

南投的灵源山寺风景秀丽、规模宏伟，是妙莲老和尚回台四年多以来的道场，他在香港潜心苦修后选择台湾作为弘法常住之地，这里面除了深刻的悲心，也可以见到台湾的因缘殊胜，福报广大。

妙莲老和尚很亲切地与我们晤面，做了一些关于修行的开示，他说：

"要时常维持心、口、意的清净，尤其要守口戒，不要对人出恶言。"

"愿力与业力就像跷跷板的两边，业重并不可怕，愿力加重、福德加厚，业就浮起来了。当然要仰仗佛力，多念佛拜佛。"

"皈依与学佛并不是在找一个新的家，而是像久别家乡的浪子回家一样。"

"不要去压制心念，而是要放下心念。"

"所有世间的一切相都是虚妄的，能放下就是最好的修行。"

"老实念佛呀！"

他浓重的苏州口音并不难懂，他说的话也都平常简易，但由于慈悲的关系，使我感到在最平常的话里有极深刻的力量。

离开灵源山寺已近黄昏了，雨势全停，笼罩在四野山上的山风，正一丝丝地在晴空中飞扬到更高的地方，久旱得到雨水的农人纷纷走到梯田的田埂。站在山上，我看不见农人的表情，却能感觉到他们的欣喜之情。

半路上，我下车在路旁小店买了两串南投特有的红香蕉，还有一串刚从树上采来的新鲜枇杷。香蕉是内敛的枣红色，枇杷则是阳光一样的金黄，用绳子挂在店门口，看了就令人感动。

今天晨起，我把两根红香蕉和十个枇杷摆在白色瓷盘上，剥了当早餐，芳香浓郁，想到昨天去见妙莲老和尚一日的奔波，觉得吃香蕉与枇杷也是非常幸福，宛如在净土无异，吃完枇杷时就决定把这段因缘，这样笔记下来。

林边莲雾

到南部演讲，一位计程车司机来看我，送我一袋莲雾。

他说："这莲雾不同于一般莲雾，你一定会喜欢的。"

"这莲雾有什么不同吗？"我把莲雾拿起来端详，发现它的个儿比一般的莲雾小一点，颜色较深，有些接近枣红。

"这是林边的莲雾，是我家乡的莲雾呀！"他说。

"林边不是生产海鲜吗？什么时候也出产莲雾呢？"我看着眼前这位出身于海边，而在城市里谋生的青年，他还带着极强的纯朴勇毅的乡村气息。

青年告诉我，林边的海鲜很有名，但它的莲雾也很有名，只可惜产量少，只有下港人才知道，不太可能运送到北部。加上林边莲雾长得貌不起眼，黑黑小小的，如果不知味的人，也不会知道它的珍贵。

来自林边的青年拿起一个他家乡的莲雾，在胸前衬衫上来回擦了几下，莲雾的光泽便显露出来，然后他递给我叫我当场吃下。

"要不要洗一下？"我说。

"免啦，海边的莲雾很少洒农药。"

我们便在南方旅店里吃起林边莲雾了，果然，这莲雾与一般的不同，它结实香脆、水分较少、比一般莲雾甜得多，一点也吃不出来是种在海边的咸地上。我把吃莲雾的感想告诉了青年，他非常开心地笑起来，说："我就知道你会喜欢，今天我出门要来听你的演讲，对我太太说想送一袋莲雾给你，她还骂我神经，说：'莲雾也不是什么贵重的东西！'我就说了：'心意是最贵重的，这一点林先生一定会懂！'"

我听了，心弦被震了一下，我说："即使不是林边莲雾，我也会喜欢的。"

"那可不同，其他莲雾怎么可以和林边的相比！"他理直气壮地说道。

我也学他的样子，拿一个莲雾在胸前搓搓，就请他吃了。我们两人就那样大嚼林边莲雾，甚至忘记这是他带来的礼物，或是我在请他吃。

话题还是林边莲雾，我说："很奇怪，林边靠着海岸，怎么可能生出这样好吃的莲雾？"

"因为林边的地是咸的，海风也是咸的，莲雾树吸收了这些盐分，所以就特别香甜了。"他说。

"既然吸收的是盐分，怎么会变成香甜呢？"

"它是一种转化呀！海边水果都有这种能力，像种在海岸的西瓜、香瓜、番茄，都比别地方香甜，只可惜长得不够大，不被重视。也可以说是一种对比，就像我们吃水果，再不甜的水果只要沾盐吃，感觉也会甜一些。"这一段话真是听得我目瞪口呆，从盐分变成香甜感觉上是那样的自然。

看我有点发怔，青年说："这很容易懂的，就像如果我们拿糖做肥料，种出来的不一定甜。前一阵子不是有些农人在西瓜藤上打糖精吗？那打了糖精的西瓜说多难吃，就有多难吃！"

在那一刻，我感觉眼前的林边青年，就是一位哲学家。后来，他告辞了，我独自坐在旅舍里看着窗外黯淡的大地，吃枣红色的林边莲雾，感受到一种难以言说的滋味，感念这青年开老远的车，送我如此珍贵的礼物，也感念他给我的深刻启发。

在生命里确实是这样的，有时我们是站在咸地上，有时还会被咸风吹拂，这是无可如何的景况，不过，如果我们懂得转化、对比，在逆境中或者可以开出更香脆甜美的果实。

这样想来，林边莲雾是值得欢喜赞叹的，它有深刻的生命力，因而我吃它的时候，也不禁有庄严的心情。

欢乐中国节

传说在中国有三位修行者，没有人知道他们的名字，只知道他们是爱笑的圣人，因为当人们看到他们时，他们总是在笑，从一个城市笑到另一个城市。

每到一个新城市，他们就会在市场、街道，或广场中央大笑，使附近的人都过来围着他们，慢慢的，本来迟疑的人也走过来了，像口渴的人走向井边。顾客忘了他们要买什么，店主把店铺关了，一起到这三个人的旁边，看他们笑。

他们的笑是那么自在、那么无碍、那么优美、那么光辉，使旁观的人都深深地感动了，因为生活在市集里的人从没有那样笑过，甚至已经忘记人可以那样笑着。

他们的笑会感染，旁观的人开始笑，然后所有的人都笑了，就是几分钟前，那市场是个丑陋的地方，人们有的只是贪婪、嗔恨、愚痴，卖的人只想到钱和渴望钱，买者则只想贪小便宜。他们的笑改变了市场的气氛，使所有的人汇成一体，欢欣、无私、互相欣赏，就好像很久才有一次的节庆。

人们先是笑，忘记了是要买或是要卖，随后，人们真心笑了，最后甚至围着三人忘情地跳舞，仿佛进入一个新世界。

由于这三个人所到之处，都带着欢笑，使他们行经之地都变成天堂，所有的人都喜欢见到他们，称他们是"三个爱笑的圣人"。

当"圣人"的名字传扬开来，就有人来问道："给我们一些启示，教导我们一些真理吧！"

他们总是说："我们没有什么好说，只是不断地笑！"

他们走遍全中国，从一地到另一地、从城市到乡村，帮助人们去笑、去开发内在的笑意，凡是悲伤、哀痛、贪婪、嗔恨、愚笨的人都跟着他们笑，慢慢的，人们懂得笑了，生命就得到了崭新的蜕变，就像是一只丑陋爬行的虫化成了斑灿自由的彩蝶。

他们的日子就在笑中度过。

有一天，三个爱笑的圣人之一过世了，村人聚集着说："他们的友谊那么好，现在另外两位一定会哭的吧！他们不可能再笑了。"

但是，当村民看到另外两位时都吃了一惊，因为他们正在笑，在唱歌跳舞，在庆祝最好的朋友离开这个世界。

村民充满疑惑，并且有一点生气地说："你们这样太过分了，一个人死了是多么悲伤的事，你们还笑、还跳舞，这对死去的人是多么不敬！"

两个微笑的圣人说："我们的一生都在笑里度过，我们必须欢笑，因为对一位一生都在笑的人，欢笑是最好的、也是唯一的告别。而且，我们不觉得他过世了，因为生命不死，笑着离开的人一定会笑着回来！"

笑是永恒的，就像波浪推动，而海洋不变；生命是永恒的，就像演员下台了，戏剧仍在进行；大化是永恒的，花开花落，树却不会枯萎。可惜，村民不能了解这些，所以那天只有他们两人在笑。

尸体要焚化之前，村民说："依照仪式，我们要给他洗澡，换一套干净的衣服。"

但是两个微笑的圣人说："不！我们的朋友生前就吩咐不举行任何仪式，只要按照他原来的样子放在焚化台上面就好了。"于是，死者被以本来面目放在焚化台上焚烧。

当火点燃的时候，突然之间，烟火四射，原来那个老人在他的衣服里藏着许多节庆的鞭炮和烟火，作为他送给观礼者的礼物。

烟火飞扬到高空，爆开时有各种缤纷的颜色，闪亮的火光照耀了整个村落。

本来微笑的圣人疯狂地笑了起来，村民也笑起来，马路、树木、花草，甚至焚烧尸体的火焰都在笑着，然后大家开始快乐地跳舞，过了村落有史以来最大的庆祝会，在欢笑与跳舞的时候，大家感觉到那不是一个死亡，而是一个新生命的开始、一个全新的复活。

最后大家都知道了：如果人能快乐地归去，死亡就不能杀人，反而是人杀掉了死亡；如果能改变死亡的悲伤，知道生死的实相，人就不会有什么损失了！

对我们来说，只有当我们知道快乐与悲伤是生命必然的两端时，我们才有好的态度来面对生命的整体。

如果生命里只有喜乐，生命就不会有深度，生命也会呈单面的发展，像海面的波浪。

如果生命里只有悲伤，生命会有深度，但生命将会完全没有发展，像静止的湖泊。

唯有生命里有喜乐有悲伤，生命才是多层面的、有活力的、有深度，又能发展的。

遇到生命的快乐，我要庆祝它！遇到生命的悲伤，我也要庆祝它！庆祝生命是我的态度，不管是遇到什么！快乐固然是热闹温暖，悲伤则是更深刻的宁静、优美，而值得深思。

在禅里，把快乐的庆祝称为"笑里藏刀"——就是在笑着的时候，心里也藏着敏锐的机锋。

把悲伤的庆祝称为"逆来顺受"——就是在艰苦的逆境中，还能发自内心的感激，用好的态度来承受。

用同样的一把小提琴，可以演奏出无比忧伤的夜曲，也可以演奏出非凡舞蹈的快乐颂，它所达到的是一样伟大、优雅、动人的境界。

人的身心只是一个乐器，演奏什么音乐完全要靠自己。

所以，即使在最悲伤的时候，也让我们过欢乐中国节吧！

卷二　曼陀罗

一朵花，或一座花园？

在日本，有一位伟大的女禅师，名字叫作慧春。

慧春很年轻就出家了，当时日本还没有专给尼师修行的庵堂，她只好和二十名和尚，一起在一位禅师座下习禅。

慧春的容貌非常美丽，剃去了头发、穿上素色的法衣非但没有减损她的美，反而使她的姿容显得更清丽脱俗，因此与她一起学禅的和尚，有好几位偷偷暗恋着她，其中一位还写了情书给她，要求一次私下的约会，慧春收到情书之后，不动声色。

第二天，禅师上堂说法，说完之后，慧春站起来对着写信给她的和尚说："如果你真的像信里写的那样爱我，现在就来拥抱我！"

说完后，当场就有几位和尚满头大汗地开悟了。

这是非常动人的禅故事，它表达了一种当下承担的精神，学禅的人对于开悟固然必须承当，但对于生命，是不是也应该有相同的承当呢？禅的生活，不是依靠想象力的生活，当然也不是寄望于天堂的生活，而是公开明朗地面对此时此刻的生活，看见心念中的阴暗面，把它翻转过来，使其明亮。慧春所说的"公开的拥抱"，正是"公开的爱"，也就是"光亮明朗的生活态度"。

对于禅者，每一个心念、每一个生活动作，都可以摊开在阳光下检验。

从泥泞中跨越

还有一个禅的故事是这样的：

两位师兄弟一起走在一条泥泞的道路上。

当他们走到一个浅滩的时候，看见一位美丽的少女在那里踯躅不前，由于穿着细致的丝绸，使她不能跨步走过泥泞的浅滩。

"来吧！小姑娘。"师兄说。

然后就把少女背过了泥路。

师弟跟随在后面，心里感到非常不悦，一直都沉默不语，到了晚上实在忍不住，就对师兄说："我们出家人受了戒律，不应该近女色的，你今天为什么要背那个女人过河呢？"

"呀！你说那个女人呀！我早就把她放下了，你到现在还抱着吗？"

这个流传很广的禅故事，除了说明当下即是的精神，也满含了禅师的慈悲，在提起放下的过程里一点也不拖泥带水，即使是对禅一无所知的人听到这个故事，也知道两者境界的高低。

有一位现代禅者把"当下即是""直下承当"的精神翻译为"倾

宇宙之力活在眼前的一瞬"，真是十分贴切。我们凡夫的生活，不是在缅怀过去，就是在向往未来，无法踏实雄健地生活。可叹的是，过去是无可挽回的，未来是一场梦，两者都是虚空里的舞花，再美，也比不上现在跨越的泥泞之路。

落实到不是非常善美的现在，走一段很可能是泥巴铺成的生活之路，当下的世界往往不是依理想而呈现，这些，似乎都不太要紧，只看我们能不能有好眼睛来看待这个世界，是不是在我们注视的时候，能一刹那间观点开展，让光亮明朗的生活展现在眼前。

伟大的无门慧开禅师，在他的著作《无门关》里曾这样说："若是个汉，不顾危亡，单刀直入，八臂哪吒拦他不住；纵使西天四七、东土二三，只得望风乞命！设或踌躇，也似隔窗看马骑，眨得眼来，早已蹉过！"只有单刀直入，一点也不迟疑的大丈夫，才有可能领会禅的真意。

便是人间好时节

《无门关》是禅宗的一部宝典，慧开禅师在里面写下许多传诵千古的偈语，一直到禅道没落的今日，读起来还让人震颤不已。

我们在这里选取几个偈子来看：

大道无门，千差有路。

透得此关，乾坤独步！

——这是多么广大而坚定的胸襟，要做一个乾坤独步的人。

拈起花来，尾巴已露。
迦叶破颜，人天罔措！

——释迦牟尼佛拈起花来，是故意露出尾巴，迦叶尊者破颜微笑，使天上的神仙和地上的凡人都不知所措。慧开问道："如果当时大家都笑，或者连迦叶也不笑呢？禅是什么风光？"

贫似范丹，气如项羽。
活计虽无，敢与斗富！

——对于家徒四壁、处之泰然的人，对于气宇豪迈、无所畏惧的人，虽然生活艰困，还是敢和富人比赛谁是真正的富有，因为富有不是由外而得。

眼流星，机掣电。
杀人刀，活人剑！

——眼睛要快如流星，机锋要迅若闪电，有杀断妄想的宝刀，有起死回生的智慧之剑。

剑刃上行，冰棱上走。

不涉阶梯，悬崖撒手！

——寻求智慧之路的禅道，像是走在剑锋上、踩在冰尖上那样勇迈。又仿佛不走阶梯，从悬崖上放开双手那样的自在，没有一点委屈。

天晴日头出，雨下地上湿。

尽情都说了，只恐信不及！

——法尔如是，明明白白，毫无隐瞒，只怕不信，这是多么公开明朗的胸怀。

《无门关》每一个偈子都像这样震慑人心，另有一个最被人传诵的偈子是：

春有百花秋有月，

夏有凉风冬有雪。

若无闲事挂心头，

便是人间好时节。

如果一个人的心头，前尘往事同时瓦解冰消，成为一片清朗干净的大地，能面对当下的景物人事，那么春夏秋冬都是一样的美好呀！

我们在人间的学习

禅道虽然是非凡之道，却不是不可企及之道。我们在品味禅的公案、语录、偈语的时候，都能尝到那无比的芳香，都能在热闹里流过一丝清凉，那不是禅有什么特别的魅力，而是对明朗光照的生活，人人都有本具的向往，只可惜生命的烦恼与生活的压力使我们隐忍了活泉，无以清洗尘埃的心灵。

禅的教导，是让我们不要再隐忍了，不要再过那种幽暗无光的日子，试着把反盖的牌打开、在黑暗的房子开灯、走进阳光普照的田野、随着鸟的自由飞翔、看鱼得水时的欢跃、安心明亮地看着人世。我们来读读在禅里最常被用到的语言吧："如如""当下""本来""一如""无着""不二""老实""平常""安心""放下""任运""保任""默照""虚空""无碍""自在""自由""直心""真实"等等，这样简短的两个字，如果能融入其中，就让我们发现了生命的真意。

我们不能放下任运地过活，那是我们对过往生命的执着，对未来生命的迷梦，忽视了一个最重要的东西：回到现实这一刻人间的学习。

有的人认为禅师讲"空"，以为空是虚无的，要来断灭现实人生的一切，其实不然，禅师要破的是"执着"，而不是真实的生活。破执着谈何容易！所以禅教我们要用开启智慧、圆满自我的方法来使执着冰消瓦解，而不是去压抑我们的执着。

如果我们只有一朵花，一定很舍不得送给别人；但如果我们有一座花园，送一百朵花给别人也会在所不惜！化解执着，首先是使我们拥有一座春夏秋冬都盛放的花园，而不只照顾一朵花；其次是珍惜每一朵花犹如整座花园，使每一朵花的颜色都能放怀展现；再次是不仅欢迎别人参观花园，并乐于送花给别人，乐于看人人都有花园。

在这广大的人间，我们的一朵花是多么渺小，若我们能使繁花盛开，自我的一点兴谢也就了无遗憾！

生命不过数十寒暑，迅疾犹如春天的闪电雷声，若知道春雷一过，万物苏醒，则短暂的慧心一耀，也足以令人动容。

执着的化解是智慧的开端，智慧开了，执着自然冰消，开悟的人，一朵花就是一座花园，一座花园是一朵花，是不需要什么争辩的。我又想起无门慧开的句子：

> 识得最初句，便会末后句。
>
> 末后与最初，不是者一句！

那里面热不热？

禅是活生生的，就像我们在生命的进程中，成功与失败都是活生生的。一个人要进入禅的道路，是使生活活转过来，使心活转过来，勇敢来对待人生的挑战，让我们的花努力地开起来，而不是孤零零地在微雨中抖颤。

禅是承担，不是避世。

凡是避世冷酷的心，不是禅心。

《指月录》里有个脍炙人口的故事，有一位老太婆建了一座茅庵，供养了一位修行人。她常叫少女送饭给和尚，经过二十年，她想看看和尚的功夫如何，于是叫少女送饭的时候抱住和尚问说："正这么时如何？"

少女依言而行，和尚回答说："枯木倚寒岩，三冬无暖气！"

少女回来把和尚的话告诉老太婆，老太婆很生气地说："我二十年供养，只得个俗汉！"于是，把和尚赶走，把茅庵也烧了。

"枯木倚寒岩，三冬无暖气"多么酷冷，禅是要"能杀能夺，能纵能活"，是要"青天白日，明明太空"，是要"绵绵密密，点滴不漏"，是一座百花齐放的园子，而不是开在悬崖的枯木。

　　　　雁的影子留在地上，但它并无留踪之意。
　　　　水面上映照着一切，但它并无取影之心。

　　　　窗前的叶子画着风的形状，却不需用笔。
　　　　院子的菊花一瓣瓣地凋落，却依然从容。

　　　　雨后山岚缭绕飘浮，反而增加山的青翠。
　　　　水里游鱼穿梭旅行，益发感到水的清明。

　　　　小心喂路过的鸽子，它不是为你才飞来。
　　　　不要惊动花上的蝶，它并非为你而美丽。

午夜的钟声

一声　响过　一声

黄昏的微风

一阵　凉似　一阵……

　　每一个我们在当下体验的真实，都是生命中的一朵鲜花，所以我们要好好开发花园，不要只执着一朵花。

　　慧春禅师，六十岁的时候知道了自己要离开人世，吩咐寺里的僧人在院子堆起木柴，她安详地坐在木柴上，叫人从四面同时点火。

　　"禅师呀！"一位和尚看着腾起的火焰问道，"那里面热不热？"

　　"只有愚痴的人才会关心这个问题。"慧春回答，话声甫落，人埋在火焰中，很快就化为灰烬了。

　　伟哉慧春！智慧有如园中的繁花，开放时是多么从容，凋谢时又多么的镇定呀！

小 丑

在台北东区繁华的街市，偶尔会看到两位小丑，说是"小丑"，只是说他们的脸上化了五颜六色的油彩，不是真在舞台上表演的小丑。

在人群中，我们一眼就会看见他们，匆忙的人群每当走到他们面前，会突然惊心一下，一回神，才又继续匆忙的脚步。

有一位是长得高瘦的青年，他撑着拐杖沿忠孝东路卖口香糖，走累了，就会蹲靠在大百货公司的墙壁看着人群。他的小丑化妆把脸孔从中划成两半，一半是永远带着笑意，另一半则哭丧着，眼角挂着一滴垂到脸颊的泪。

他的脸于是成为一种极为荒诞的组合了，嘴角也是。他那一张艳红的嘴，一半要笑地上扬着，一半欲哭地落了下来。他的半哭半笑的脸，让人一见就不能忘，不过，在天气好的时候，他偶尔会画出一张很欢喜的笑脸，让人感觉很春天。

他的头发更绝，是最流行的朋克头，有时染成好几色，有时如公鸡的红冠高高竖起，在黑夜的人群与流丽的灯光中，他那血脉偾张的头发像箭一样，仿佛枝枝都要向人的红心射去。那小丑是城市里的孤独者，他总是默默地从此处穿过彼处，特别使人震动的是，他有一双极锐利极肃穆的冷眼，每次与他的眼神相遇，令人欲哭，感觉到小丑不应该有那样的眼神。

另一位"小丑"就完全不同了，他驾着一部小型的机动车，车上摆了许多乐器，沿街演奏，完全无视于周围的人群。有一次在顶好广场前，围了一群人，中间传来电子琴和口琴的声音，我从人缝中穿过去，就看到这位小丑了。他的两腿完全失去功能，但他的脸很温和，油彩的化妆也很温和，最奇异的是他的眼，温煦一如春阳。

很显然，小丑也陶醉在自己演奏的乐曲里了，他的欣悦传给了旁边的人，大家都专心地聆听这位残障者，用特别的慧心来为人间的温情下注。人群愈围愈多，竟把一整个广场都占满了，连来取缔的警察也站立倾听。

为什么，两位残障者装扮的小丑有如此大的不同呢？我不知道。我知道的是，他们夸张地把自己打扮起来，是为了引起别人的注视，以及悲悯，来求取生活的温饱；另外，他们对人间事物，应该有独特的自我诠释吧！似乎企图用欢乐的外表来化解人间深沉的悲哀。

今天，我到百货公司的洗手间时，正好遇到年轻的小丑在镜子前补妆，他的盒子里装着各色油彩，一笔一画地往脸上涂抹，出人意料的专注之情。我看见他那惯常冷漠的眼中有一丝丝忧伤，眉头也深结着，他把头发一撮撮拢起，用发胶固定，然后满意地看着自己的脸。我看着，好像自己也贴近了他那忧伤的心。

　　我站在旁边静静看他，一直到他完工为止，他未料到有人观看，竟羞赧地笑了，脸红得使油彩都为之失色。那一刻，我才感叹：呀！这好像经历人世沧桑的小丑原来只是个纯真的大孩子！

　　走到大街上，阳光灿然，真有几分是春天了，缤纷的春装已上市，冷然的都市人到街上温习已失去很久的早春的阳光，年轻人的笑语此起彼落。

　　有人哭着，也有人欢笑。

　　有人半边脸欢喜，半边脸流泪。

　　在另一个日出，我们会发现春天已经来了。

　　因为春天，不在遥远的天边，不在山水的人间，不在盛放的花蕊，而在人心。

　　我常常这样想：如果我是小丑，我要用什么眼神、什么心情来注视这个世界呢？

香严童子

有一天，孩子问我："为什么菩萨都喜欢香的气味呢？"

"你怎么知道菩萨喜欢香的气味？"我说。

"要不然，我们为什么要用香来供养菩萨？"孩子又问。

我就对孩子说，一是沉香是人间最单纯悠长的香，所以我们喜欢，菩萨也喜欢。二是有时候我们不知道菩萨喜欢什么，就把自己最喜欢的东西拿来供养菩萨。

本来，我要对孩子讲《楞严经》里香严童子的故事，后来想到它是很难懂的，就作罢了。

佛陀问菩萨及阿罗汉：大家是如何修学而进入圆通的境界？

香严童子的回答是："我闻如来教我谛观诸有为相，我时辞佛，宴晦清斋，见诸比丘烧沉水香，香气寂然来入鼻中，我观此气，非木非空，非烟非火，去无所著，来无所从，由是意销，发明无漏。"（我听了佛陀教导要仔细观察一切有为法的现象，我就辞别佛陀，独自清心安静地修行。有一天看到比丘在点燃沉水香，香气寂然无声地进入我的鼻孔。我观照这阵阵香气，它既不是木头，也不是虚空；既不是烟，也不是火。它飘去的时候一点也不执着，它飘进我的鼻孔也不知从何而来。我的意识也和沉香的香气一样，一时销亡清净，由此证得无漏的果位。）

香严童子的话，使我们知道烧香的行为应该更深一层地观照，佛殿里的香不只能洁净空气、驱赶蚊虫、化解污秽之感，而且可以庄严道场，使人得到清心定意之功。像香严童子因观香气而证得果位的修行，是最上乘的燃香。

香严童子又说："如来印我得香严号，尘气倏灭，妙香密圆，我从香严，得阿罗汉，佛问圆通，如我所证，香严为上。"（佛陀印证了我的修行，赐给我"香严"的名号，尘俗意气一时消灭，自性妙香周密圆满，我就是从香气的庄严证得阿罗汉的果位，佛陀叫我报告如何圆满通达佛法，如果依我所证得的，以香气的庄严为第一。）

从香严童子的修行过程，我们是不是心开意解，对佛教要烧香，并且要烧好香，有更深的认识呢？像"沉水香"就是现在我们说的"沉香"，因其生长期很久，成树后外朽心坚，置水则沉入水底，故而得名。从前的人要烧沉香很不容易，只有富贵人家才行，现在沉香已经很普及化了，我们应该烧好的沉香，不要烧粗制滥造的香。

一炷好香带给我们心灵的力量，胜过一大把普通的香。

因此，台湾民间谈到有福报的人常说："是伊祖公仔烧好香。"不是没有道理的，常烧好香，心定意澄，香光庄严，福气必会随香气而至。祖先烧好香都可以带给子孙大福报，何况是由我们自己烧香来供养佛菩萨呢？要是烧香的时候，还能仔细观照香气"非木非空，非烟非火，去无所著，来无所从"，也观照自性的香气，就更殊胜了。

辞典里，对"香严童子"的解释是："由悟香尘，严净心地，得童贞行，故曰香严童子。"三复斯言，感觉上香严童子就站在我面前这一缕沉香的最高远处，对着众生微笑，天真、明净，全身都沐浴在香气里。

金色莲花

有一次，南泉普愿禅师偶然到达一个村庄，不料见到庄主在庄外迎接。

这使南泉大为惊讶说："我凡是要到一个地方，事前从未告诉别人，你怎么知道我今天要来呢？"

庄主回答说："昨晚我做了一个梦，梦到土地公说你今天会来，所以就出来迎接。"

南泉叹口气说："这是我修行还未到家，所以才会被鬼神看到呀！"

若鬼神可见，则仍在"有"里，要"空"到鬼神不见才是极处。

处辉真寂禅师就任方丈那一天，一位和尚问他："释迦牟尼佛说法时，地上常常开出金色莲花，今天你就职方丈，我们可以看到什么祥瑞呢？"

真寂说："我只是扫却门前雪罢了！"

南泉禅师与真寂禅师告诉我们的是同样的东西，真正的大道不需要任何神通与炫奇的涂染，地涌金莲当然是很好的，但没有金色莲花的平常时候，也是很好的。

玄妙能动人，却不如平常平易来得真实有情味，让我们人我两空，善恶俱离。修行人因此不必炫奇神通，也不要执着神通，同样，对待有神通的人，也要有平常的心。

神秀的徒弟道树禅师，和几个学生住在山上的时候，常出现一个异人，穿着奇怪，讲话十分夸张，并能随意变化，常化成佛、菩萨、罗汉等等形象。道树的学生都很害怕，但也不能对他如何，这位怪人一连作怪长达十年之久，最后终于消失了。

道树对弟子说："这个术士为了欺骗人心，施出千方百计，我应付他的方法，只是不见不闻。他的诡计虽然层出不穷，总有使完的一天，我的不见不闻则是无尽的。"

僧稠禅师住在嵩岳寺的时候，跟随他的有百位僧人，寺里的泉水正好够喝。一天诵经时，有一位妇人，穿破衣夹着扫帚，坐在台阶上听经，众僧便呵遣她，妇人脸有愠色，以脚踏泉，泉水立刻就枯竭了，人也随之化去。

众僧惊慌地禀告僧稠禅师，禅师叫了三声"优婆夷！"妇人才现身。禅师说："众僧行道，宜加拥护。"妇人用脚拨泉水，水即上涌，众人才知她是神人。

僧稠在鹊山修行时，也有神来挠之，抱肩捉腰，气嘘项上，僧稠因而入甚深禅定，九日才起。

后来，他住在怀州王屋山，闻两虎相斗，咆声震动山林，僧稠用锡杖丢去，两虎止斗而去，这时有两卷仙经出现在他的禅床，他说："我本修佛道，岂拘域中长生者乎？"说完，仙经就消失了。当他移住青罗山的时候，有时打坐疲困，在床前舒脚，便有天神来扶脚，令他重新跏坐。

这使我们知道，修行者四周必有神异之事，神人或扰或助，那是犹其余事，若能心净神空，则神通是自然的外境，既是外境，就应该放下。

百鸟衔花献

牛头法融禅师初到牛头山，住在幽栖寺北面的山洞里，传说他住的岩洞门口，每天都有许多鸟衔花来供养他，有时鸟儿数百只，遮住了整个天空。

后来他与四祖道信见面，恍然大悟，从此以后就没有一只鸟衔花来献给他了。

这是禅宗非常有名的公案，曾引起很多禅师的讨论。

有僧问五祖法演禅师："牛头未见四祖时为什么百鸟衔花献？"

法演说："富与贵是人之所欲。"

又问："见后为什么不衔花献？"

答云："贫与贱是人之所恶。"

这更令人迷惑了，难道未见四祖的牛头法融是富与贵，见了之后反而是贫与贱吗？有人说"富与贵"指的是芳草喧喧，"贫与贱"则是空空如也。前者有功德可求，后者却无以求之。

清凉文益禅师也答过这个问题，他的弟子曾问他："未见之前为什么百鸟献花？"

他说："牛头。"

"见后为什么不献？"

他又说："牛头。"

文益似乎在说，献不献花是百鸟的事情，牛头仍然是牛头，他依然如故，永远空寂。不可以用外在的百鸟献花来议论牛头的修行。

德山缘密禅师也遇到这样的问题。

僧问："牛头未见四祖时如何？"

他说："秋来黄叶落。"

"见后如何？"

他说："春来草自青。"

云门禅师遇到同样的问题，前一个问题他回答："香风吹萎花"，后一个则答："更雨新好者"。

善静禅师的回答是"异境灵松，睹者皆羡"，"叶落已摧，风来不得韵"。

怀岳禅师的回答是"万里一片云""廓落地"。

冲奥禅师的回答是"德重鬼神钦""通身圣莫测"。

当我在翻检典籍时，感到十分吃惊，因为关于牛头法融见四祖道信前后，以及百鸟衔花献的讨论与诗歌，多到差不多可以出版一本《百鸟衔花》的书。并且在祖师的答复里，令我们感觉到，只要能解开牛头见四祖及百鸟衔花献的公案，就能大致明白佛教的性空之意。

尽管祖师们的回答都不同，却有一个共同的观点，就是大家都公认百鸟不献花的境界比百鸟衔花献的境界还高，因为前者连鸟都知道牛头的修行，固然可喜；后者是越过了此一境界，连鬼神都不能测知，何况是百鸟呢？

当牛头隐在山洞时，是感天动地，是"超凡入圣"，所以神异很多，不只是百鸟衔花献，还有丈余神蛇守护，虎狼无阻。当他见了四祖大悟后则"超圣入凡"，回到平常的人间，神异也就不见了。这一观点我们从牛头的传记可以找到证据，见四祖之前，他一直隐居深山，见四祖之后则走出山林，一面精研《大般若经》，一面到人间行化。这正是从最高境界进入没有境界，可以说是一种"化境"。

后世颂赞牛头受百鸟衔花献的诗歌难以数计，我在此挑选几首，让我们来细细体会：

雪窦显禅师：

> 牛头峰顶锁重云，独坐寥寥寄此身。
> 百鸟不来春又去，不知谁是到庵人？

祖印明禅师：

> 一榻萧然傍翠荫，画扃松户冷沉沉。
> 懒融得到平常地，百鸟衔花无处寻。

别峰印禅师：

> 水因有月方知静，天为无云始觉高。

独坐孤峰休更问，此时难着一丝毫。

孤峰深禅师：

雨前不见花间叶，雨后浑无月底花。
蝴蝶纷纷过墙去，不知春色属谁家？

懒牧成禅师：

月满陂池翠满山，寻常来往百花间。
一回蹋断来时路，岭上无云松自闲。

铁山仁禅师：

着鞭骑马去，空手步行归。
寂寞庵前路，衔花鸟不飞！

牛头法融禅师从"万里一片云"的境界到"天为无云始觉高"，从"百鸟衔花献"那样的尊贵转入平常的心地，使得"百鸟衔花无处寻"，大概就是五祖法演所说的"贫与贱"吧！

牛头法融是一代禅僧，他常以诗偈来答客问，我选两段他回答博陵王的诗偈，回头看他的公案：

知色不关心，心亦不关人；

随行有相转，鸟去空中真。

风来波浪转，欲静水还平；
更欲前途说，恐畏后心惊。
无念大兽吼，性空下霜雹；
星散秽草摧，纵横飞鸟落。

这两诗偈中都有"鸟"，用来解释牛头引起历代讨论的公案真是再巧不过了，"百鸟衔花"看起来是很喧闹，无鸟献花看起来也很孤寂，但是在孤寂里才是真正百花盛开，百鸟唱歌，是春色真正驻足的地方啊！

快乐无忧是佛

当我们读到了四祖道信对牛头法融说："快乐无忧，故名为佛。"真是令人深深地感动，对于我们修行佛道的人是无与伦比的教化，像我们在生活里还有许多的烦恼、不安、忧伤，心灵中充满了喧闹、哀愁、骚动的人，哪里配谈什么是佛呢？

我们先不说学佛，光是说学习快乐无忧好了，一个人如实的生活，才知道"快乐无忧"四个字是多么艰难。

信仰佛教最虔诚的西藏人民，他们互相问候的话，不是"呷饱也未"，不是"恭喜发财"，而是"吉祥如意"。人人在见面或分别时，总是双手合十，互道"吉祥如意"！我觉得，吉祥如意与快乐无忧很相近，但犹不如快乐无忧那样的浅白。

我们现在来看"快乐无忧，故名为佛"的出处，我且用分行来重排四祖道信这一段对真要的开示：

无百千法门，同归方寸，河沙妙德，总在心源。

一切戒门定门慧门，神通变化，悉自具足，不离汝心。

一切烦恼业障，本来空寂；一切因果，皆如梦幻。

无三界可出，无菩提可求。

人与非人，性相平等，大道虚旷，绝思绝虑。

如是之法，汝今已得，更无阙少，与佛何殊，更无别法。

汝但任心自在，莫作观行，亦莫澄心，莫起贪嗔，莫怀愁虑，荡荡无碍，任意纵横，不作诸善，不作诸恶。

行住坐卧，触目遇缘，总是佛之妙用，快乐无忧，故名为佛。

快乐无忧乃不是感官欲望满足的层次，而是任心自在，遇到任何的因缘都是佛法的妙用，这是万里无云、浩浩青天的境界。也是达摩祖师说的：

亦不睹恶而生嫌，
亦不观善而勤措；
亦不舍智而近愚，
亦不抛迷而求悟。

当牛头慧忠禅师说："人法双净，善恶两忘；直心真实，菩提道场。"

——这是快乐无忧是佛。

有源律师问："和尚修道还用功否？"

大珠慧海说："用功。"

曰："如何用功？"

师曰："饿来吃饭，困来眠。"

曰："一切人总如同师用功否？"

师曰："不同。"

曰："何故不同？"

师曰："他吃饭时不肯吃饭，百种需索；睡时不肯睡，千般计较，所以不同也。"

——这是快乐无忧是佛。

南泉普愿禅师快圆寂时，弟子问他："和尚百年后，向什么处去？"

他说："山下做一头水牯牛去。"

弟子说："我可以随师父去吗？"

他说："可以，你如果要跟我去，别忘了衔一茎草来！"

——这是快乐无忧是佛。

洪州水老和尚说："自从一吃马祖踏，直至如今笑不休。"

——这是快乐无忧是佛。

云门文偃禅师说："日日是好日。"

——这是快乐无忧是佛。

沩山灵祐禅师说："一切时中，视听寻常，更无委曲，亦不闭眼塞耳，但情不附物，即得。譬如秋水澄澄，清净无为，澹泞无碍，唤他作道人，亦名无事之人。"

——这是快乐无忧是佛。

黄檗希运禅师说："终日吃饭，未曾咬着一粒米；终日行走，未曾踏着一片地。与么时，无人我等相，终日不离一切事，不被诸境惑，方名自在人？"

——这是快乐无忧是佛。

仰山慧寂禅师说："我这里是杂货铺，有人来觅鼠粪，我亦拈与，他来觅真金，我亦拈与。"

——这是快乐无忧是佛。

我们看历代祖师，真的是个个活泼纵跳、生意盎然。快乐无忧，这种无忧不是来自后世极乐的期待，而是今生生活的承担，是如实地接受生活，要在今世，甚至此时此刻就无忧。

因此，有人问石头希迁禅师："如何是解脱？"

他说："谁缚汝！"（没有人绑你，为什么求解脱呢？）

"如何是净土？"

他说："谁垢汝？"（没有人污浊你，为什么求净土？）

"如何是涅槃？"

他说："谁与生死与汝？"（没有人给你生死，到哪里求涅槃呢？）

无时不是解脱之境，无处不是净土的所在，永远都在涅槃之中，长空不碍白云飞，好一个快乐无忧是佛！

老婆心切

临济宗的祖师临济义玄，他对弟子无情的棒喝在禅宗史上很有名，但他在追随黄檗希运习禅的时候，也被打得很惨。

他在黄檗处已经很久了，每天只是随大众参禅，有一天首座和尚睦州问他："你在这里多久了？"

临济说："三年了。"

睦州又问："曾经参问过师父没有？"

他说："不曾参问。"

"为什么不问呢？"

"不知道问个什么。"临济说。

睦州就建议他："何不问'什么是祖师西来意'呢？"

临济觉得有理，就跑去问师父："如何是祖师西来意？"但话还没有问完，就被黄檗打了一顿。他回来后，睦州问他结果如何，他难过地说："我的问声未绝，师父就把我打了一顿，我不知如何是好。"睦州叫他不应该这样就泄气，不妨再去问同样的问题试试看。

临济连续去问了三次，三度挨打。

临济暗恨自己愚鲁，又觉得可能与黄檗因缘不契，就向黄檗告辞，黄檗叫他去见大愚和尚。

临济到了大愚那里，大愚问他："从什么地方来？"

他说："从黄檗那里来的。"

大愚问："黄檗对你有什么教导？"

临济委屈地说："我三次问祖师西来意，三次都被打一顿，到现在还不知道过错在哪里。"

大愚说："这个黄檗这么老婆心切，为了你能彻底解脱，竟动手打了你三次，让你来这里问什么有过无过！"

临济被大愚一说，忽然彻悟了，感叹地说："原来佛法无多子！"

大愚一把抓住临济的衣领大骂："你刚才还说自己不知道错在哪里，现在又说佛法无多子！是什么道理，快说，快说！"

临济没有回答，伸拳就向大愚的肋下打去，大愚把他的拳头托开，对他说："这是你师父黄檗的事，和我无关。"

临济于是告辞大愚，回来重见黄檗。黄檗看到他就说："你这样来来去去，有什么了期？"

临济说："我回来是因为师父的老婆心切。"

黄檗说："大愚这个大汉如此多嘴，等我见了他一定要打他一顿。"

临济说："说什么见到才打，今天就该打。"说着，就打了黄檗一巴掌，这一掌使黄檗开心大笑。

我们读到《景德传灯录》里的这段故事，就好像看电影一样，禅师的举止真是栩栩如生，一个禅师不管用什么手段来对付弟子，都是出自最大的慈悲与善意。这一点，弟子也知道，临济在被痛打的时候，心里并没有感到意外，也没有丝毫恨意，只是为自己不能明白被打的意义而感到伤心罢了。这使我们知道师父与弟子之间极深刻的情感。

我很喜欢"老婆心切"这四个字，使我们想起了自己的祖母与母亲，她们的打骂，无一不包含了最深切的期许与热爱，如果我们只看"婆婆妈妈"的一面，而不能进入"婆心"，就难以知道老母亲的爱是多么温柔深长了。同样的，若我们无法体会禅师的"老婆心切"，就不能看见棒喝的时候有多大的期许。

当临济见到大愚时，大愚为了黄檗连打临济三顿感到他"老婆心切"，如果没有婆心，一次都懒得打了，何况是三次呢？禅师对弟子的棒喝与母亲对孩子的打骂，其本质是一样的。

我国古代有一个人叫韩伯俞，他小时候常被母亲打，但他从不哭泣，有一天他挨打的时候，却伤心地哭了，他母亲大为惊奇地问他："以前你被打时，从来不哭，今天为什么哭了呢？"

韩伯俞说："以前妈妈打我，我感觉很痛，知道妈妈身体很健康。但是今天我不觉得痛，想到妈妈已经年老体衰，怎么能不哭呢？"

不只是母亲自然有婆心，孩子对待母亲也应该有婆心；不只师父对弟子有婆心，弟子对师父也应该有婆心。

禅的进行是在开启人的空性，表面上是无情的，但在无情的表面里隐藏的却是无私的至情，要习禅，一定要了解这种至情才好。

椰子壳的万卷书

江州刺史李渤有一次来参访归宗智常禅师（智常是马祖的高足），他问说："佛教里常说纳须弥于芥子，如果说芥子纳于须弥山里，我就不感到怀疑，如果说芥子可以包纳整个须弥，这不是妄谈吗？"

智常反问说："大家都传言你读过万卷书，是真的吗？"

李渤说："是的。"

智常说："你的头只有椰子那么大，万卷书到底藏纳在哪里呢？"

李渤俯首默然，不能回答。

读到这则公案，我掷笔赞叹，当我们说"一毛吞海，海性无亏"，当我们说"一念遍满三千大世界"，当我们说"一刹那是无量劫，无量劫是一刹那"，当我们说"无量光、无量寿、无量佛土"，当我们说"悲心若天，智慧如海"……若用想象的来看，不免觉得是妄谈，但是一个脑袋都有办法装万卷书，时空相对性的粉碎，还有什么不能理解？

清远佛眼禅师说我们学禅的人，最容易犯两种毛病，一是骑驴找驴，二是骑驴不肯下。前者使我们到处奔波寻求，忘记自己的内在；后者是当我们体验到禅悦的欢喜时，竟对自性生出迷恋执着，不能放下。

佛眼因此劝学禅的人说："不要骑驴，因为你自己就是驴，整个世界也是驴，你无法骑它。假如你不想骑驴，整个世界便是你的坐垫。"

这使我想起憨山德清禅师的悟道偈：

死生昼夜，

水流花谢；

今日乃知，

鼻孔向下。

骑驴找驴，找了半天才知道鼻孔向下，真是出人意料。光宅慧忠禅师与弟子紫璘有一段这样的对话：

"佛是什么义？"慧忠问。

"觉义。"

"佛曾迷否？"

"不曾迷。"

"用觉做么？"

紫璘无言以对。

觉中原来还觉在，放下驴原来才找到真的驴。只有椰子大既能装万卷书，芥子当然可以纳须弥。

禅是如此不可思议，般若也如是不可思议！

密在汝边

有一位和尚去问临济义玄：“如何是真佛、真法、真道，乞师指示。”

临济说：“佛者心清净是。法者心光明是。道者处处无碍净光是。三即一，一即三，皆空而无实，有如真正道人，念念不间断。达摩大师从西土来，只是觅个不受惑的人，后遇二祖，一言便了，始知从前虚用功夫，山僧今日见处与佛祖不别，若第一句荐得，堪与佛祖为师。若第二句荐得，堪与人天为师。若第三句荐得，自救不了。”

他说明了三个重要的观点，就是“心清净”“心光明”“处处无碍净光”，若能了知这三者，一句话就说完了，何必虚用许多功夫！

在禅宗里，我们时常讲到“开悟”，以禅的第一义谛而言，“开悟”是证得空性，得到彻底的解脱。但是从凡夫的视界看来，开悟是多么遥远的事，然而，遥远并非一定不可及，我觉得，每天都能开启一些智慧、发起更大的悲悯、能有新的超越与承担，使心清净一点、光明一点、自在无碍一点，虽是那么微不足道的一点点，也算是一种"开悟"了。

印顺导师曾写过一篇文章《解脱者之境界》，认为证得诸法真性的境地是无法形容的，如果从方便去说，约可由三事表达：

一、光明：那是明明白白地体证，没有一丝的恍惚与暗昧。不但是自觉自证，心光焕发，而且有浑融于大光明的直觉。

二、空灵：那是直觉得于一切无所碍，没有一毫可黏滞的。经中比喻为：如手的扪摸虚空，如莲华的不着尘垢。

三、喜乐：由于烦恼的滥担子，通身放下，获得从来未有的轻安、法乐。这不是一般的喜乐，是离喜离乐，于平等舍中涌出的妙乐。

因此，解脱者的心境是"不忧不悔""不疑不惑""不忘不失"。

印顺导师对解脱者心境的说法，可以与临济禅师的话对照来看，我们虽无法恒常保有光明、空灵、喜乐之心，生活里却也有不少光明、空灵、喜乐之境，那么，就从那里进入吧！时常提起光明的念头来照亮生命、提起空灵的观点来超越生活、提起喜乐的心来洗去苦恼的尘埃，这就是一步一步走向"开悟""不受人惑""解脱者"的道路了。

惠明向六祖慧能请法之后，又问六祖："还有密意否？"六祖说了一句明照千古的话："密在汝边！"

追求开悟的人总会不自觉地想："是不是有什么秘密的方法或通道去寻找智慧或开悟呢？"

其实，最大的秘密是在生活、在自我、在生命历程的每一个环节，只看人有没有承担、能不能开启而已。我们如实地生活，在生活中得到一丝清净、光明、自在、空灵、喜乐，都能时时觉照到"密在汝边"，这是在堪忍世界中还能奋起，坦然向万里无寸草处行去的、最大的密意！

山色如何

苏东坡有一次游江西庐山，见到龙兴寺的常聪和尚，两人熬夜讨论"无情说法"的公案，第二天清晨醒来，他听见了溪流的声音，看见清净的山色，随即赋了一偈：

溪声便是广长舌，

山色岂非清净身；

夜来八万四千偈，

他日如何举似人。

自己觉得意犹未了，又在柔和的晨光中写下两偈：

横看成岭侧成峰，

远近高低各不同；

不识庐山真面目，

只缘身在此山中。

庐山烟雨浙江潮，

未到千般恨不消；

到得元来无一事，

庐山烟雨浙江潮。

这三首偈广为传诵，被看成正好可以和青原惟信禅师说的山水观前后印证："三十年前见山是山，见水是水。及后亲见亲知，有个入处，见山不是山，见水不是水。如今得个休歇处，依旧见山只是山，见水只是水。"

苏东坡的三首偈后来一直被讨论着，特别是第一首，云堂的行和尚读了以后，认为"溪声""山色""夜来""他日"几个字是葛藤，把它改成：

溪声广长舌，

山色清净身；

八万四千偈，

如何举似人。

有一位正受老人看了，觉得"广长舌""清净身"太露相，一首偈于是被改成了对联：

溪声八万四千偈，

山色如何举似人。

庵禾山和尚看了，摇头说："溪声、山色也都不要，若是老僧，只要'嗯'一声足够！"

许多人都觉得庵禾山和尚的境界值得赞叹，我认为，苏东坡的偈仍是可珍爱的，如果没有他的偈，庵禾山和尚也说不出"'嗯'一声足够"了。

文学与佛性之间，或者可以看成从一首偈到一声"嗯"的阶梯，一路攀爬上去，花树青翠，鸟鸣蝶飞，溪声山色都何其坦然明朗地展现在我们的眼前，到了山顶，放眼世界全在足下，一时无话可说，大叹一声："嗯！"

可是到山顶的时候总还有个立脚处，有个依托，若再往上爬，云天无限，则除了"维摩诘的一默，有如响雷"之外，根本就不想说了。

沉默，就是响雷，确乎是最高的境界，不过，对于连雷是什么都不知道的人，锣鼓齐催，是必要的手段。

我想到一个公案，有一个和尚问慧林慈爱禅师：

"感觉到了，却说不出，那像什么？"

"哑子吃蜜。"慈爱回答。

"没有感觉到，却说得有声有色，又像什么？"

慈爱说："鹦鹉学人。"

用文学来写佛心，是鹦鹉学人，若学得好，也是很值得赞叹，但文学所讲的佛与禅，是希望做到"善言的人吃蜜"。能告诉别人蜜的滋味，用白瓷盛的蜜与破碗装的蜜，都是一样的甘甜。

我的文章，是希望集许多响雷，成为一默。

也成为，响雷之前，那光明如丝、崩天裂云的一闪。

有时候，我说的是雷声闪电未来之前，乌云四合的人间。

那是为了，唯有在深沉的黝暗中，我们才能真正热切期待破云的阳光。

何况恶人

日本净土真宗的祖师亲鸾上人有一册《叹异钞》传世，他有一段话令我非常非常感动，就是"连善人都可以往生净土，何况恶人？"

他说："具足无量虚妄和烦恼的我们凡夫，除了念佛以外没有任何修行法能借以脱离此迷妄的人世，由于深切的悲悯此众生的苦难相，阿弥陀佛所发起的大悲誓愿的真意，就是为了使在这苦海中沉沦的这些恶人能够成佛，所以能自觉而归信弥陀本愿他力的恶人，正是合乎往生净土的正因（恶人正机），所以说连善人都能往生，那恶人当然就更不用说了。"

"持着自己的思虑分别来谈论善恶二者，说善是往生的助力，恶是往生的障碍，把它区分成二者的看法，这是不信弥陀誓愿，而以自己的想法、做法，当作求往生之业而致力勤修。"

"在弥陀的本愿里，是没有善恶、净秽的差别，一律都能平等地获得救度。"

"当我们发现到己身的恶业，而益发地想到仰仗能救度像我们这样的恶人之阿弥陀佛本愿力的话，在自然的道理下，那柔和忍辱的心也将自然涌现出来吧！"

　　"我不知善恶二者是什么，对如来本意里指的'善'能彻底了解的话，那么才可说知道什么是'善'，再说如来所指的'恶'能够彻底了解的话，那么才可说知道什么是'恶'，具足烦恼业障的我辈凡夫，在这火宅无常的世界里，一切事物都是虚假不实，如嬉戏一般，没有一样是真实的，唯有念佛才是真实的。"

　　亲鸾的这个观念，事实上是来自善导大师所说的："要深信自身现在是罪恶生死凡夫，旷劫以来，常没常流转，无有出离之缘。"

　　唯有我们有了超越的观点，知道善恶流转的过去，正是生死迁流的原因，知道佛菩萨并不会因恶业的过去而舍离我们，我们才能真实体贴阿弥陀佛悲愿的本怀。

　　在纯粹的佛力里、在弥陀的怀抱中、在不可思议的悲愿庇护之下，我们是多么幸福，能在这一世遇到阿弥陀佛！"自觉"指的不一定是自我证觉，若能深切体验佛菩萨的悲愿而信靠，是最伟大的自觉。

　　"连善人都可以往生净土，何况恶人？"

　　这句话思之再三，令人泪下，阿弥陀佛！

谁是你的后人

天皇道悟禅师去参访石头希迁禅师。

天皇："离却定慧，以何法示人？"（如果超脱了定慧，请问用什么开示别人？）

石头："我这里无奴婢，离个什么？"（我这里本来就没有奴婢，谈什么超脱？）

天皇："如何明得？"（这句话如何叫人理解？）

石头："汝还撮得空吗？"（你知道空吗？）

天皇："怎么即不从今日去也！"（我得到空不是从今天开始的！）

石头："未审汝早晚从那边来！"（不料你还是在那边的人！）

天皇："道悟不是那边人！"（我不是那边的人！）

石头："我早知汝来处！"（我早就知道你的来处了！）

天皇："师何以赃诬于人？"（师父没有证据，怎么可以诬赖我呢？）

石头："汝身见在！"（你的身体就是证据。）

天皇："虽如是，毕竟如何示于后人？"（虽然如此，但毕竟我们拿什么去教导后人？）

石头："汝道阿谁是后人！"（你说说，谁是你的后人！）

天皇道悟就在满头大汗中顿悟了。

我第一次读到这个公案也是满头大汗，这实在是学佛学禅的人最常犯的毛病。我们自己不能超脱，还天天想着怎么样去教导后人、去开示后人、去度化后人！

"谁是你的后人！"石头大师的这一句话有如天边轰然的一棒响雷，乌云密布中撕开天幕的闪电一样。

在解脱者的眼中，自他一体，自觉就是觉他，哪里有什么前人后学、主人奴婢呢？这无非都是自心的妄念吧！

从无始劫看来，我们流转不断的前世正是我们的"前人"，如果我们不找到解脱之道，继续在生死波涛中浮沉，我们就将是自己的"后人"——我们的身体就是证据，谁是我们的后人呢？

——在这段公案里，我们还可以看到禅师如何以严峻的手段教化弟子，读到"我早知汝来处"让我们知道，禅师所说的"印可"乃不是虚幻的名目，这应该也是作为一位禅师（能看出弟子的来处）最根本的资格了。

由于知悉弟子的来处，那么一切逼人的手段都不是可怕的，而是充满了无限的期许与慈悲。

人间游行

读《阿含经》，最常从眼前跃起的是四个字："人间游行"。

佛陀成道以后，在人间各处游化，有时也到天上去说法，在《杂阿含经》最后一部分，都是佛陀为鬼神说法的记载，很有意思的是，佛对"天子"说法总是住在舍卫国的祇树给孤独园，天子们则都是在半夜来请佛陀开示。而在佛为夜叉鬼、针毛鬼、鬼子母等百千诸鬼说法时，都是佛陀在"人间游行"，晚间接受鬼的供养，住在鬼所变化的居处。

经典一开始的时候，都是：

"如是我闻。一时，佛在某某国人间游行……"

我很喜欢经典这样的开头，光是"如是我闻，一时，佛在人间游行"这几个字就够令人沉思了。

《增一阿含经》的"听法品"里，曾记载佛陀到忉利天宫为母亲摩耶夫人说法。

帝释问佛："为用天食？为用人食？"

佛言："用人间食。所以然者，我身生于人间，长于人间，于人间得佛。"

于是，佛在天上就吃人间的食物（在天人想来，是十分粗糙的东西），共吃了三个月，婆婆世界的众生很想念佛，优填王首先用旃檀木刻佛像，波斯匿王首先用黄金塑佛像，传说这是佛教有佛相的开始。

经上还有一位佛的弟子，死后升天，怀念佛陀，以神通力变化到佛面前，可是他身体却站不起来，他细致的身体如酥油一般软瘫在地上，一时不知如何是好，佛陀教他身体变粗糙一点，才能在人间站立。

相对于六道里的天道、阿修罗道，乃至于鬼王，人都是非常粗糙的，吃的食物也很不佳，这真是无可如何的事。

不过，当我们想到佛陀选择在人间成道，并且乐于在人间游行，即使住在辉煌的天宫，仍然与我们一样吃着人间粗糙的食物，光是如此，就值得我们感恩，因为仅仅"人间游行"四字就有深刻的大慈悲在。

我们也是天天在人间游行，可是我们做了什么？又想选择什么呢？

永续今好

　　人近中年，每次有朋友来闲聊，谈到后来总不免落入人生无常的感叹，无常之感不只是对付我们这些平凡的人，许多在事业名望上辉煌过的人，更是能感到无常迫人。

　　无常虽然迫人，大家也都有想要超越解脱的心，奈何都已走上了一条难以返回的道路，一个人有了名利、权位，可以有种种享受，但心却不能安顿，依然彷徨无依，益发使我们感到现代社会的无助与寂寞。

　　这使我想起隋朝有一位海顺和尚，他写过一首《三不为篇》的诗歌，歌词十分优美动人，虽是出家人的悟道之诗，也可以拿来作为现代居士的觉悟之歌。诗是这样的：

一

　　我欲偃文修武，身死名存；

　　斫石通道，祈井流泉；

君肝在内，我身处边。
荆轲拔剑，毛遂捧盘，
不为则已，为则不然。

将恐两虎相斗，势不俱全。
永续今好，长绝来怨，
是以返迹荒径，息影柴门。

二

我欲刺股锥刃，悬头屋梁；
书临雪彩，牒映萤光；
一朝鹏举，万里鸾翔。
纵任才辩，游说君王，
高车返邑，衣锦还乡。

将恐鸟残以羽，兰折由芳。
宠餐讵贵，钩饵难尝，
是以高巢林薮，深穴池塘。

三

我欲炫才鬻德，入市趋朝；
四众瞻仰，三槐附交；
标形引势，身达名超。
箱盈绮服，厨富甘肴，

讽扬弦管，咏美歌谣。

将恐尘栖弱草，露宿危条。

无过日旦，靡越风朝，

是以还伤乐浅，非惟苦遥。

一个年轻人向往功名利禄，希望能文武双全、一步登天、衣锦荣归、享受荣华，原是非常自然的，可是当我们向一个自己定的标准迈进的时候，往往对隐伏的生命陷阱视而不见，于是到最后落得"两虎相斗，势不俱全""鸟残以羽，兰折由芳""尘栖弱草，露宿危条"的下场。

所以，一个人要想拥有今天的好，免得来日留下遗憾，就应该清楚地看见权势、名位、享受都是日旦风朝的事，像是云烟过眼，不是生命终极的寄托。

看清生活道路的实相，并不意味着我们要过消极的生活，而是要及早在心里留一个自我的空间；也不意味着不要在人生里成功，而是要在成功时淡然，在失败时坦然！

人到中年并不可怕，人到老年也没有什么可畏，因为这是自然之道，是生命一定的进程，怕的是步入生命的后半段时，名利之心不但没有转淡，反而趋浓；欲望的焚烧不但没有和缓，反而激烈；为人行事的步履不但没有从容，反而躁进……那么，不管外表看来多么风光，也是值得可哀的了！

水中的金影

从前有一个人走过大池塘边，看到水底有金色的影子，很像黄金。

他立即跳入水里要找那黄金，他把水中的泥土一捧一捧地捞起来，一直到把整个池塘弄得混浊不堪，自己又疲累得要命，只好爬回岸边休息。过了一会儿，池水清澈之后，又看到那金色的影子。

他又进去捞，仍然捞不到，这样来回三四次，自己已经疲累不堪。他的父亲看他久出未归，就跑出来寻找，最后在池边找到他，看他疲累不堪，就问他："你为什么把自己弄得这么疲困呢？"

他说："这水底有真金，我明明看见的，可是找了三四趟都没有捞到，才弄得这么疲困。"

父亲仔细地凝视水底真金的影子，立刻知道那金子是在岸边的树上，为什么会知道呢？因为影子既然在水底，金子就不会在水底，影子乃是金子的投射。

后来，他听了父亲的话到树上一找，果然找到金子，父亲就说："这可能是飞鸟衔金，掉落到树上的！"

这是释迦牟尼佛在《百喻经》里讲的"见水底金影喻"，是用来解释无我的空性的，最后，佛陀说了一首偈：

> 凡夫愚痴人，无智亦如是。
>
> 于无我阴中，横生有我想。
>
> 如彼见金影，勤苦而求觅，徒劳无所得。

我很喜欢这个故事，因为它充满了优美的譬喻与联想，我们因为执着于"我"，于是拼命追求，就好像一直扰动真实的净水，而失去生命的实相。当我们以水中的金影当成真实的时候，我们就会一再地跃入水中，到最后只剩下一身的徒劳，什么也得不到。

如果水中的金影到最后令我们发现树上的黄金，那还是好的，最怕的是看见了夕阳的倒影就跳入水中，找了半天一上岸，天色就黑了。

我们如果时常反思人的欲望，会发现现代人的欲望比从前的人复杂强烈得多，生之意趣也变得贫乏得多。为什么呢？因为一来追求的事物多了，人人都变得忙碌不堪；二来生命的永不餍足，使人无法静思；三来所掌握的东西，都是短暂虚幻不实的。

有很多人认为现代人比古代人富有，其实不然，真正的富有是一种知足的生活态度，有钱而不知足的人并不是富有，能安于生活的人才是富有。

于是，我们看到了，现代人住在三十坪的房子，觉得要五十坪才够。有汽车开了，还追求百万的名车。吃得饱穿得暖，还要追逐声色。到最后，还要一个有排场的葬礼，和一块山明水秀的墓地。

于是，我们夜里在庭院聊天的生活没有了，我们在田园里散步的兴致没有了，我们和家人安静相聚的时间没有了，我们坐下来省思的时间没有了。到最后，连生命里的一点平安都没有了。

从前在农村社会，年纪大的人都可以享受一段安静的岁月，让生命得到安顿。现在的老年人，非但不知道黄金在树上，反而自己投身于水中金影的捕捞了，我们看到了全身瘫痪还不肯退休的人，看到了更改年龄以避免退休的人，看到了七八十岁还抓紧权力、名位不肯轻放的人！老人不能把静思的智慧留给世界，还跳入水里抓金，这是现代社会里一种令人悲哀的局面。

我常常想，这个世界的人，钱越多越是赚个不停，人越老越是忙个不停，我真不知道，大家是不是有时间来善用所赚的钱，是不是肯停下来想想老的意义。

停下脚步，让扰动的池水得以清净吧！

抬头看看，让树上的真金显现面目吧！

人间英雄

英国作家卡莱尔在《英雄与英雄崇拜》一书里，这样界定人间的英雄：

大勇无畏，勇中有温柔之情的人。

独具慧眼，达于永恒深处的人。

以生命火，来照亮真实之光的人。

甘于沉默，不爱自我炫耀的人。

情智交融，有似云雀般欢愉的人。

自我节制，因节制而高雅的人。

喜爱无限，公然向死亡挑战的人。

天真自然，明亮一如赤子的人。

生而忠诚，因忠诚而伟大的人。

洞察明锐，以直觉便能看见神圣的人。

······

这些话，使我们知道英雄何以为英雄，而这些特质，都是大乘菩萨的特质，或许我们可以这样说吧：菩萨，正是最伟大的人间英雄！菩萨行，正是最高远的英雄行径！

菩萨与一般人间英雄最大的不同是，菩萨从不以为自己是英雄，而是随顺在众生之中，与众生同样地仰望。此外，菩萨不求世间的名利与权位、菩萨不被时空所拘限。

菩萨有无边的胸怀，但不认为自己的胸怀够广大。

菩萨有无尽的慈悲，但不以为自己的慈悲够深切。

菩萨有无量的智慧，但不以为自己的智慧够宏伟。

菩萨有无限的柔软，但不以为自己的温柔够细腻。

菩萨是人间英雄，这一点是可以确定的，但菩萨之所以为菩萨，是在他的无求、无私、无怨、无悔、无往、无着。

英雄的成功，是时代与环境改革的标志，是在无数凡夫的枯骨上站立的。

菩萨的成功，是使凡夫都成为菩萨，使最苦难之地，犹有最高洁的心灵，使最烦恼浊恶之地，也变成最清净殊胜的国土。

英雄，是历史的旗帜。

英雄，是永恒的诗歌。

英雄，是浓云中的闪电人，是危崖间的走索者。

菩萨，是温暖柔和的日月，是架在危崖间让人走过的桥。

英雄的歌谣总是写在书册，以美人的幽魂镶边，用醇酒的熏陶作注。

菩萨的诗章则是流在空中，用智慧的馨香作油，以慈悲的清净为火。不断地燃烧，却不留形骸，成为永恒的蓝天的一部分。

精进料理

在日本，把素食者称为"精进者"，素食则叫作"精进料理"，这是最近我到日本旅行才知道的，我很喜欢"精进料理"的名词，它使素食不再是静态的，而成为一种行动，或者一种实践，我觉得这个名词是宜于沉思的。

由于素食的关系，使我感觉到旅行的时候常常带来不便，若到西方国家，往往只有以面包和生菜沙拉果腹。但这种不便也不只发生在旅行，就是在国内赴朋友的饭局也常觉得惭愧，因为满桌的珍肴都无以下箸，还要叫主人特别准备一碗清淡的素面，这样，主人常觉得招待不周，而我则为带给人麻烦，心中不安。

在城市里还好，因为城里到处都有素食餐馆，饭局又多在餐厅进行，即使在荤菜馆子里，请厨子做两样素菜也不困难。一旦到了乡下，招待总在家里，主人既无法宰鸡烹鱼，又没有做素食的习惯，常弄得备菜的主妇手忙脚乱。

其实，素食者是很随缘随意的，青菜豆腐、酱菜花生就感到与山珍海味无异，只是使主人觉得招待不好，我的心中总是过意不去。

近来住在乡下，又逢年关，来请吃尾牙的乡人很多，我很喜欢那种热闹的场面，常一再地嘱咐只要一盘素菜、一碗白饭就是最好的招待，或者只要一盘素炒米粉就够丰盛了。却由于乡人盛情，常为我一个人做了五六道素菜，这就使我心怀愧疚，一来我自己吃不了那么多，二来从没做过素食的主妇一定费了不少心血，三来我何德何能接受如此的盛情呢？

所以，我常想到，中式的素食还可以有更大的改进，使其更方便、合乎营养、不致浪费。像在日本的传统式餐馆，不论城乡，菜单里都会有"精进料理"一栏，最常见的是一碗面，其次是"定食"。定食以划格的餐盘盛装，内有白饭一碗，味噌汤一碗，小菜三四样，既简单又清爽，日本食物分量不多，总可以吃得干净，也不至于撑饱，真是最好的素食形式。

因为到处都有"精进料理"，使我在日本旅行感到并无不便，偶尔到没有素食的馆子，只要在白纸上写"精进料理"四字，也都能很快地送来一份定食。可见日本人虽爱吃海味，素食还是很普遍而有传统的，他们对素食也十分敬重。

"精进料理"这四个字，使我们吃素食时可以感受到素食的意义。因为"精进"乃是菩萨六度布施、持戒、忍辱、精进、禅定、智慧中很重要的一环，使我觉得连吃饭时都能常怀感恩与精进。

我也喜欢香港人把素食称为"上素"，例如"麻油上素""罗汉上素""豆腐上素"等等，在广式茶楼里，虽然大部分是大鱼大肉，但通常有一味"罗汉上素捞面"或"汤面炒面"，还有一味是"芥蓝上素"，对素食者而言，如此简单的食物，滋味确在满桌荤腥之上，所以堪称为"上素"。

素食当然不是什么了不起的事，一个人能以素食维生是分内应为，因为人不应该为了满足一己的口腹之欲，用动物的生命作牺牲，可是若由于素食带来不便，甚至招来别人的物议，那就让我常怀惭愧心了。

我想起六祖慧能在二十三岁时就顿悟了，可是他在近四十岁才出来弘法，其中有十七年的时间他住在人群里，甚至有许多年隐居在猎人队里吃肉边菜，却没有人发现他是禅宗祖师、法门龙象，这种情怀真是伟大无比。可见重要的还不在于吃精进料理，而在于，不管吃什么料理，内心都一样的明澈与精进。

在台湾，不只是荤菜常一盘盘倒掉，即使偶尔吃素食宴席，也总是分量太多，糟蹋了食物，像日式的"精进料理"或港式的"上素"都是值得提倡的。虽说名相并不重要，但我多么希望，在"精进"及"上素"中，我们能体会到素食更深刻的意义！

宿命之情

偶尔读小说，看电视电影，总发现一切的故事无非是在探索人生的爱恨情仇，大部分的作者一辈子都在人生的情欲中打转，好像永远也不想走出来一样。

特别是一种类型的情感最令人感兴趣，就是富豪家族中的明争暗斗、恩怨情欲。在我们凡夫的眼中，富有应该能解决人生的许多问题，而富有者照理应该比一般人有幸福的可能。但是我们在小说、电视、电影里看到的却并非如此，它通常反映出几种情况，一是富人的婚姻爱情充满了罪恶的泥沼，二是富人的生活往往苦多于乐，三是财富不但无法满足人的贪婪，反而会点起更深广的贪欲的火花，使人充满了嗔恨与愚痴。

自然，这只是人生的一种标本，并非全盘如此，贫困者的痛苦绝不逊于富人，只是大家不喜欢打开电视，还看到贫困者落难罢了，仿佛是说："穷人本来就悲惨，还有什么好说呢？"可是劳苦者也有疑惑："假若我像电视或小说里的人物有钱有势，绝不至于沦落成像他们那样！"

大家比较少想到的问题是：会沉沦的人，不论贫富都会沉沦，与他的环境关系并不太大。若说富人经不起诱惑，那么贫者有几人能脱出诱惑呢？

不只是小说、电影、电视如此，实际人生也是这样，有时看新闻给人的感觉也像在读小说，或看连续剧。有权有势的官员，养尊处优、生活无虑，照理说人格应比平民百姓高尚一些，结果不然，他们常为了一些不是急需的小钱就贩卖自己的人格。那有广大人民做后盾的民意代表，意气风发、聪明饱学、待遇优厚，照理说不会出卖人民，结果不然，他们常为了私我利益，把正义公理拿来践踏。

看到这些出乎意料的"剧情"，总令人感叹！觉得做一个平凡的人，不会被拿来演出的人，在某一层次上还是幸福的。

在金钱里似乎有这样的宿命，爱钱者不论穷通，仍然爱钱；不爱钱者，就是一生落魄，也能一毛不取。前者发生在一位民意代表说："我家里的财产有四五亿，怎么会在乎那区区几十万呢？"也使人难信；后者发生在机场清洁工捡到百万现款，也能于心不昧，全身都散发着金色的光芒。

爱情的宿命仿佛也是如此，穷愁潦倒时会背弃情义者，不论他多富有，也一样会背弃。反之，能感恩念旧的富人，纵使再困穷，也不至于无情无义。环境、诱惑也者，只是借口罢了——没有汽油的桶子，火柴如何使其燃烧呢？

这种背弃的宿命使人无奈，但不背弃的宿命才更令人泣血。

不背弃的宿命，我们可以在小说、电影、电视看见的是：两位顽固而充满仇恨的家长，往往一位生了男孩，另一位生了女儿。仇家的儿子与女儿总会因某种巧合相遇，一见钟情，然后用爱情与生命联合起来向父母抗争。

结局其实可以是喜剧：化干戈为玉帛，大团圆结束。但通常是悲剧的：其一是气死父母，其二是牺牲儿女，两种都可以使两家痛苦一生，而观众则痛苦几个晚上（悲喜剧的过程都一样痛苦，只是结局不同）。

我常想的两个问题是：一，为什么仇恨的父母总有相爱的儿女呢？这一点也不奇怪，因为情爱与仇恨的本质相同，只是面貌不同。二，为什么没有一个故事是父母很亲爱，儿女却充满仇恨？这也不奇怪，因为人情感的萌芽是以爱开始，以恨为终，先有爱，才会有恨，很少是由恨生爱的。

动人的爱情故事因此总是在仇恨中挣扎的故事；好看的金粉世界通常就是在欲望中沉浮的故事。

互不背弃而又活生生折翼的情节，乃是人生最无奈的现实。

人生的牌局里有一张 A，这张牌可以最大，也可以最小，可悲悯的是，大部分人拿到 A 时，不管其他的牌如何，总把它当最大的来打。

人在被小利蒙蔽时，哪里想到会毁掉一生的基业呢？人在仇恨之中，哪里能看到别人（包括自己的儿女）情义的珍贵呢？这都是拿到一张小 A 当成大牌打的结果。

在别人的宿命里，我们清楚看见人生有更多可以沉思的东西，如果我们不善于深思看清整副牌，往往自己就会掉进那令人扼腕的宿命里去。

随俗罢了

收到您的来信后，我不敢称呼您"洪博士"，但是我想不管称呼您的名字或头衔，您我都知道那叫的就是您，不是别人！

您的问题是：

"佛要人去我执，可是我阅读的佛学书籍的作者，总是把自己的履历及著作列出来。看他们讲的是禅学，头上却戴着那么多帽子，似乎我执都未去掉，到底原因何在？"

您说这个问题曾问过几位法师居士，都未得到他们的答复，不知原因何在，可能是与他们无缘，而您希望我不用客套，以最真实的禅心毫无隐瞒地回答您的问题。

收到您的信，使我想起一些常被问到的类似的问题，例如"佛教主张吃素，为什么素菜馆里素菜有'羊肉汤'和'红烧鱼'的名字呢？"；例如"禅宗里说教外别传，不立文字，为什么却有那么多的公案和语录呢？"；例如"禅宗说第一义不可说，那么，你写那么多文章有何意义？"；例如"六祖慧能不识字，也可以成佛作祖，是不是我们应该舍弃一切经典呢？"；例如"佛说法明明是四十九年，为什么说不曾说过一字呢？"……

这些问题的面目不同，其本质都是一样的。

既然您是以禅的态度来问，我就用禅的公案来回答您吧！

唐宣宗在还没有当皇帝时，曾经因避乱而隐居在禅寺里，他在盐官禅师座下当书记，黄檗希运禅师是那里的首座。

有一天，黄檗禅师在佛堂礼佛，正当他五体投地的时候，宣宗问他说："求道的人，不应执着于佛，不应执着于法，也不应执着于僧，你为什么要礼拜呢？"

黄檗回答说："我没有执着于佛，也没有执着于法，更没有执着于僧，我之所以这样做，只是随俗罢了！"

宣宗又问："既然只是随俗，礼拜又有什么用处呢？"

黄檗听了，举手就是一掌劈过去，打得宣宗哇哇大叫，说："你怎么这样粗鲁！"

"这是什么地方，你竟敢在这里说粗说细！"黄檗义正词严地说。

是的，禅师印出他的著作，上面挂着文学博士、大学教授等头衔，无非也只是和黄檗一样，只是随俗罢了，其中并没有特别的用意。我想，一个禅师之所以要写书，和古代禅师的公案、语录一样，不是为自己来说来写，而是为了引导众生的方便，既然这样，就要随顺众生的习惯。

像我就觉得，禅书里把禅师的履历、头衔列出不仅无妨，还希望他的书取个好的书名，希望有好的封面、好的纸张、好的印刷，最好是让人拿了就爱不释手，能抱着睡觉。

自然，如果没有头衔、没有书名、用最粗糙的纸张来印一本禅书，禅书的价值并不会就被折损，只是我们想想，众生将会如何对待这本书呢？他们不要说拿起来看了，很可能随手就丢在垃圾桶里了。

形式与本质之间可能没有必然关系，但形式可以产生对本质的印象，特别是对那些无法判别本质的人，形式变成一个重要的手段，要不然这个世界就不会有那么多东西需要包装、广告、设计，乃至于名牌了。例如素食馆里的"羊肉汤"，素食者叫了这道菜时，早就知道它是用香菇做的，那名称只是为了方便称呼，从没吃过这道菜的人吃的时候可能会问："这是什么做的？怎么这样像羊肉？"事实上，他吃的也只是剁碎的香菇，本质并无二致。

从前，有一位和尚看起来像是开悟了，于是既不拜佛、也不烧香，甚至，常常把最尊贵的《大般若经》撕下来，在上厕所时当草纸来用，有人责问他时，他总是说："我就是佛，经文是记载佛的说法，既然有佛在此，这些经文就是废纸，拿来当草纸，有何不可？"

有位禅师勘破了他，就对他说："听说你已经成佛，真是可喜可贺，但是，佛的屁股是何等尊贵，用这种废纸擦屁股，真是太不相称了，你最好还是用清洁的白纸吧！"

和尚无言以对，大为忏悔。

这就是形式与本质的问题，真实的本质不会因形式的表现而改变，再特异的形式一旦能勘破，形式就成为可笑的东西。

如果我们有很好的本质，加上好的形式，不是更好吗？开悟的人如果能用白纸擦屁股，就比用经文擦屁股更值得崇敬，更合乎人情呀！

还有一个禅的故事是这样的：

有一天，石室和尚跟随师父石头希迁去游山，石头说：

"前面有树挡着，快帮我把它砍掉！"

石室说："拿刀子来！"

石头拿出刀子，把刀刃递给石室。

石室看师父递来了刀刃，不敢去接，说：

"师父，不是这边，把刀柄那边给我！"

石头说："柄有什么用呢？"

石室和尚当下大悟。

是呀，对一把刀子而言，柄有什么用？柄的用处，人人都知道，那是刀的着力之处，是用来控制一把刀的。可是柄并不是用来砍东西的，而是用以主宰刀子的，这是"无用之用，是为大用"。剪刀的握把、书的封面、音响的外壳、笔的套子、胶水的瓶子、灯的台座，你看，在我书桌前的东西，就有这么多和刀柄一样，甚至我把手抬起来看表、表带、表面也是这样的东西，但分针时针真的有用吗？时间并不会因为我手中的一只表而有所改变呀！

就像您是美国一流的生化博士，这一点您清楚得很，可是不认识您的人并不清楚，若您要从事一项研究工作，不仅需要您的履历、头衔、经历，甚至有时还要写自传呢！这就是"随俗"或者"随顺众生"。

再看看庙里的菩萨，每一个都塑得那么庄严端正，甚至身披璎珞、头戴宝冠，佛经不是说佛菩萨是无相吗？那也是随俗、随顺，加上方便善巧而已。

头衔如此，没有头衔也是如此！

我们都知道六祖慧能不识字的，但他"闻而慧"，一听到佛法就顿悟了！许多典籍都强调他不识字，这"不识字"也是他的头衔，是为了给那些不识字或知识教育较少的人有信心，让他们知道佛法的平等而来喜欢佛法。慧能的不识字，在我看来，是"不识字博士"，或"博士后研究"，也是我们加给他的头衔。那些识字而博通经论的祖师，不也一样伟大吗？

禅宗关于本质与形式、文字与第一义之间的思考都可以从这个角度来看。王安石有一首诗说：

> 侏儒戏场中，
> 一贵复一贱。
> 心知本自同，
> 所以无欣怨。

在戏台上演出的人，一下子扮乞丐，一下子扮皇帝，但演皇帝时他不欣喜，演乞丐也不怨恨，这是由于他知道自己不是皇帝，也不是乞丐。就像我走在路上，有人认识我，我不会为之欢喜，没有人认识我，我也不会伤心，因为，我就是我，或我只是我！

《金刚经》说：

若以色见我，

以音声求我，

是人行邪道，

不能见如来。

"如来"不是色相音声所能求得的，那么我们若从一个人的头衔要来探求其本质，也是不可得的。

当我们拿到一本禅书时，何不把履历的那一页翻过去，读读看有无所得，这才是要紧的。

我的书也是这样，您不会因为看到我的照片和履历才读我的书吧！

您这个问题很有普遍性，所以我写了这么多，而且这封信要收到我的书里，算是您为众生而问，我为众生回答，相信您不会在意才对。

附 录

愿是芒花，或是和风
——林清玄的文学与菩提

文 / 秦情

1

喜欢林清玄作品的读者，会发现他每一本书的自序后面都写着"客寓"，从"兴隆路客寓""临沂街客寓""兴隆山庄客寓""安和路客寓"，到"永吉路客寓""桥仔头客寓"，为什么把每一个地方都当成客居之地呢？

林清玄说："很小的时候，我就觉得这个世界很少有东西是真正属于我的，我的钱财、我的身体都不是我的，我住的地方当然也不是我的。这种'客寓'指的是心情、是无常、是因缘偶然的聚合，一个人要时时保有这种客居的心情，才会活得潇洒、自在、没有挂虑。几年前，赵二呆先生送我一幅字'来是偶然，走是必然'，我非常喜欢，在没有学佛之前，我就有做客于娑婆世界的感觉，学佛以后这种感觉更强烈了。"

自从辞去时报繁忙的主编工作，林清玄就"客居"到莺歌乡下一个叫桥仔头的小村，已经有一年多时间仿佛在红尘中逸去，连要好的朋友都很少见面了。

本来，他住到乡下是为了避开凡俗的干扰，但他觉得有时反而疲于奔命，光是上个月，他就接受三次电视访问，两次电台访问，做了十四场演讲，还常常为了出书和录音带的事到台北，他说："哪里有凡尘可避呢？超凡入圣也是一种心情，而不在于住哪里。有烦恼的人住到乡下也是一样的烦恼，能净心，住在城里也是很好的。"

"桥仔头"是在莺歌与大溪交界的地方，从台北火车站搭乘南下的普通车，约一小时到莺歌车站，再转乘开往大溪的客运车，十五分钟就到桥仔头了，再沿小路爬山十五分钟，就到林清玄的客寓。

住在乡下的林清玄，看起来比从前多了一股清气，见到他的人都以为他修行颇有进境，但他总是说："不是不是，是因为乡下空气好的缘故。"其实，早在世新读书的时候，同学就公认他颇有清越的风格，那时他的绰号是"清玄道长"，一直到现在，老同学见面，还叫他"道长"，可见当年他就颇有几分仙气。

"读书的时候，我是有点仙风道骨，腰围只有二十四英寸，现在的腰围是三十二英寸，这么胖，不做菩萨也不行了。"林清玄自嘲地说。

2

林清玄的乡居生活很简单，他说："比其他的乡下人还要平凡。"由于没有固定的工作，他常常忘记时间，有时甚至不知几月几日。

早上起床后，如果天气晴朗，就带着七岁的孩子亮言到后山去散步，有时走一个多小时到桃园县的八德乡去，越过台北县与桃园县的界碑，那里有一大片草原，父子俩可以在草地上奔跑，然后沿路教孩子认识一些乡间常见的植物。有时则和孩子到溪边或者山上捡石头，那些乡间普通的卵石，常常可以发现到一些很美的纹理。他说："在石头里面，我们可以找到和山水、云彩、花草一样美丽或者柔软的颜色，每一粒石头都有自己的风格，变化多端，是很不可思议的。"

在散步或捡石头的过程中，他用来沉思或念佛，使心念沉潜到一种单纯专注的状态，这样，在早上的时候他就能有很好的心情，仿佛秋日的阳光那样温暖而柔和。这也使他和孩子有很好的感情，他说："在散步的时候，有时我感觉自己是七岁，而我的儿子是三十七岁，我感觉到自己的天真，也感觉到孩子的成熟，我们两个在互相地学习，以及成长。"

特别是在秋天的时候，山上开满了菅芒花，一眼望去，白茫茫的一片，芒花的种子都成熟了，当秋风吹起，芒花针尖一样的种子就四散飞扬，它们几乎是没有选择的，落在河溪边或乱石堆里，可是不管芒花落在何处，我们都知道那里会长出新的芒花，不论环境多么恶劣，对芒花都是净土，它们都会努力地生长。

"对于芒花，由于它没有心机，这个世界对它都是好的，到处都是它的清净的国土。它不计较环境，只是努力地生长和承担，然后让风吹拂。住在乡下的这段时间，我感觉自己就是一株芒花，觉得人只要单纯一些就很好了。"林清玄说。

早上虽然只是轻松的游戏，类似于孩子玩警匪作战，或者拿芒花秆子编成扫帚，或者采集野菜回来炒食，或者在湖边掷石跳跃，父子常玩得满头大汗，回家就洗个热水澡，然后听音乐，煮一杯香浓的咖啡。

"洗完澡，听音乐、喝咖啡的时候，感觉我坐的这张旧藤椅就是净土。虽然在台北也是听音乐喝咖啡，可是感受却完全不同，主要是没有这种闲适的心情。"

林清玄在没有学佛之前是美食家，曾在报上写过吃的专栏，他素食已经四年多了，现在到底吃些什么呢？

"吃得非常简单，一些青菜和豆类，大部分是白煮的，素食的味道只要细细品尝，其实是很美味的。但味道并不重要，我常说从舌尖到喉头只有十公分，一个人太讲究美食，就好像在为这十公分效命，是很要命的执着，我现在一点也不在乎吃些什么。"

他并不强迫儿子吃素，但耳濡目染久了，他的孩子差不多也是个素食者，喜欢吃青菜豆腐。

他认为，心平气和、清心寡欲、慈悲为怀的人，特别能品出素食的芳香，像他爱吃只有乡下人才吃的"红凤菜""过猫"（一种蕨类）"鹅仔菜"（从前人用来喂鹅的粗大的 A 菜）"番薯叶子"，他说洒一点麻油，就觉得滋味无穷。

"当你想告诉别人菜根真的很好吃，就觉得自己实在是野人献曝！但这个世界上，确实有很多人不能品味菜根好吃，不知道冬天晒太阳很好，不知道单纯生活是最大的幸福，我真想告诉他们！"

3

下午的时候，林清玄才开始工作，写作前他会先烧香，然后祈求文殊师利菩萨护持，开启智慧，所以他的写作不只希望使苍生有益，自己在写的过程中常有得悟的经验。

他说："写作的时候，我的心境是很虔诚的，我期待两件事，一是希望读者读了我的文章能有一些欢喜，即使只是一丝丝也好。二是希望读者能得到清净与柔软，能有更好的心来面对五浊世界与刚强众生。这种心情可能与别的作家不同，我把读者放在第一位，我自己是我的读者，因此，如果一个题材不能使我欢喜，不能使我清净与柔软，不能使我有新的观点，不能让我疗伤止痛，我就不去写它。我不只要感动读者，也要读者得到利益。"

有很多人疑惑林清玄的书为什么那么畅销，而且历久不衰，从这一段话说不定可以找到答案。一个作家在写作时怀着感恩的心，燃香祈祷，读者应该也可以在他的作品中感受到那样的心情。他每星期收到的读者信函平均约三十封，新年时，读者寄来的贺卡多如雪片，相信是这种心情感应的结果。

林清玄总给人非常多产的感觉，因为他平均两个月就出一本书，而在报章杂志上有一大堆专栏。事实上，他写作的时间并不多，只是较有恒和有耐心罢了，他一向维持每天写三千多字的习惯，大约需要两小时，十几年来都是如此。"其实，我写得并不多，只是每天写，一天写三千多字，一个月就是一本书了。经过整理淘汰，两个月出一本书是很自然的。我不在乎写得多或少，而比较重视写得好不好，大家都认为散文好写，其实不然，散文不太能蒙混过关，要把散文写好是很难的，最难的是，要篇篇写到自己与读者的心里。"

目前，林清玄的主要专栏有：《讲义》杂志的"清玄清泉"，《皇冠》杂志的"海岸小品"，《中央日报》的"菩萨宝偈"，《中华日报》的"清凉时间""禅心大地"，《幼狮》月刊的"给亮亮的信"，《九歌书讯》的"林清玄书简"，《伊人》杂志的"慧眼看感情"，《时报》周刊的"林清玄专栏"……看到这份名单，令人吃惊，他的创作泉源来自何处呢？题材又是从何而来？

林清玄说："这并不难，可以说来自三个泉源：一、仔细的生活。二、开放的心。三、充分的感性与想象。"

他一直有记笔记的习惯，不管是散步、读书、看电视、听人谈话，随时都记下，把生活中值得记录的东西写下来，可能是一句话、一个题目，然后时常拿出来检视，等到"成熟"时就写成文章。这成熟的过程，有时要好几年，有时一听到就成熟了。所以，林清玄常说一句话："当我打开稿纸的时候，那篇文章已经完成了。"他的文章不做初稿，也甚少修改，完成时就是定稿。

另外，他在日常保持着谦逊与学习的态度，每天醒来的时候就对自己说："我今天一定要学到一些东西，一定要有一些悟。"

这就是他所谓"开放的心灵",他认为,人的心灵在动的时候,要像山中的苍鹰寻找猎物一样,视野广大,但有专注的精神,在静的时候,则要像林间的野姜花,有纯净的颜色与香气,用风雨阳光的承受,来使自己更香、更纯净。

至于"充分的感性与想象",是经常回到人性的内面世界,试图装上一双翅膀,让它在比物质与感官更高的位置上飞翔,保有清明的感情以及高超的想象力,这样,自己就像一个水晶宝瓶,任何东西装进去,都觉得珍贵明净无比。林清玄说:"我看过人用紫水晶的瓶子装黄豆,那黄豆看起来就有如宝石,我的感性就是这样子的,使最平凡的东西不凡,使最平常的事物有滋味。"

他近年写佛教的文章,也不离这三个法宝,转化成菩提,其三种面目是:一、生活中就有禅机,无处不是开悟的时刻。二、每天使自己超越一些、广大一些、圆满一些、提升一些,往菩萨的道路迈进。三、佛教是最感性、最浪漫、最有想象力、最完美主义、最终极理想的宗教,因此,要使佛教落实于人生,使人生美丽动人一如菩萨世界。

林清玄以菩萨的感性风格与浪漫情怀写成的"菩提系列"感动了无数读者,令他成为最畅销的作家之一,但是他说:"这表示我们这个社会很需要清净、提升与超越。"

出版了四十几本作品的林清玄表示,他到写《星月菩提》《如意菩提》《拈花菩提》以及即将出版的《清凉菩提》时,才感觉自己会写文章。

他说:"以前我得过吴三连文艺奖、台湾文艺奖、中山文艺奖、金鼎奖,以及时报、中华的散文首奖,那时我很注意作品的技巧，例如文字、结构、主题等等，可是不觉得自己会写文章。一直到写最近这几本书，才觉得自己挣脱了技巧的束缚，能以一种自然、诚挚、单纯的心来写文章，我觉得这是智慧开启的结果。"

由于技巧的超越，使他的文章突破了读者的层面，使他的书深入社会各阶层，从小学生到大学教授，从知识分子到老先生老太太，都能接受他的书。

这使林清玄觉悟到，只要有思想，以智慧与慈悲作后盾，文学的方法或技巧，都是犹其余事。

林清玄也相信，他近年重新整理佛教与禅宗典籍所写的《菩萨宝偈》与《禅心大地》，将使他的文学迈入一个更崭新的境界。

4

当写完了每天的文章，通常已是黄昏，林清玄会带太太孩子到附近去走走，有时到大溪的街上和公园去玩，有时到三峡或树林的寺院去散步，这时他会带一本唐诗，背下几首，使自己能保有轻松的诗的心情。

"文学创作与佛教经典之间并无冲突，它们都是在把人从感官、欲望、物质的世界解脱出来，只是佛教定的标准比文学更高，所以我一直认为喜爱文学的人，比较容易接受佛教，特别是大乘或禅学，这是我从事佛教文学创作最重要的信念。"

他说乡间夜晚没有什么活动，林清玄把整个晚上都用来读经、念佛与打坐，但那也不一定是"功课"，而是他轻松的冥想，他认为，一个人如果把佛的修行当成是"功课"就很容易僵化，若能维持平和的心境，就是最好的功课，他说："功课应该在二十四小时之中，是在生活、言语、思想的每一个环节展现出来，每日使自己的身口意维持在一个明净单纯的境况，就是我的功课。虽然那是很艰难的，不过，通向菩萨的道路本来就艰难，要有比别人更深刻的承担、更广大的怀抱才行。"

对林清玄而言，散步是功课，写作是功课，听好的音乐是功课，喝一杯好茶是功课，听乡人说说生活的苦恼是功课，对别人微笑是功课，忍辱柔和是功课，看云看星是功课，承受生命的忧恼是功课，生活的点滴无不是心灵改革创造的功课。

在他的内心里，并不期待人人都成为佛教徒或修行者，只希望人人都能有一些宗教的情操，能净化自己浊劣的心灵，并使别人得到净化。

他常常对自己说："我要时时刻刻要求自己，但我不要随时要求众生。"

原因在于，他认为会投生到这个世界的人，根本就有很多缺点，因此，不要去要求众生如何如何，因为众生若可以像我们要求的那样完美，也就不会沦落到这个世界来受诸苦恼了。

"你又有什么资格来教化别人呢？你是不是已经开悟了？你自己没有缺点吗？"常常有人这样问林清玄。

他说："我当然不算开悟，但我希望每天都有一些对人生的新观点；我也有很多缺点，因此我每天都在反省、惭愧，还有忏悔，我也没有资格教化别人，我的作品只是在探索人的心灵世界，而不是在给别人开示。我希望别人读了我的作品有这样的感觉：好像在热恼的天气被和风吹拂，好像在黑夜中把灯开亮，好像在渴的时候喝到凉水，好像埋首案前突然抬头看见青山，那和风、灯光、凉水、青山都在人自己的四周，人在其中得到的安顿并不是我所赋予的。"

林清玄认为，如果别人读他的作品得到利益与开启，那都是佛菩萨的功德，以及人的自性有本具的光明，他的文章只是一个工具而已。

他愿像芒花，没有心机，也期许自己像和风，轻轻地吹拂大地，至于被吹拂的人有什么感受，"我是无能为力的。"

就如同他花了十几年，把自己最宝贵的青春奉献给新闻事业，那只是青年淑世的热情与改革的怀抱，至于社会是否因他的投入而改造，他并不介怀。如今专事写作，也只能尽一己之力，无怨地迈进，在写作近二十年的时间里，他的座右铭是："沧浪之水清，可以涤我缨；沧浪之水浊，可以涤我足。"他现在期许自己做沧浪之水，至于别人拿来洗帽或洗脚，那实在是超出他能力的范围。

5

当他听到当选为一九八八年出版界年度风云人物时，感到非常意外，并且诚惶诚恐，因为他觉得自己应该更谦下一些，实在配不上"风云"这两个字。

不过，他愿意做"和风"与"柔云"，不要让人觉得有什么不同，一如人们不在乎风或云的存在。

　　新年开始，林清玄即将出版的书有《清凉菩提》《菩萨宝偈》《禅心大地》《心的丝路》四本书，他希望读者继续爱惜他，希望大家把他当成平凡的人，而不是一个畅销作家，也希望对他的书畅销感到疑惑的人，都能原谅他，因为，他实在没有能力使一本书畅销，书既然畅销了，也是"罪不在我"，或是"成功不在我"。

　　"有一位师父告诉我，应该学习把所有的人都看成是纯洁的人，应该学习看见人时都见到他们的缺失，表示自己还有很多缺失。我希望能不断地做这种学习，当我每次这样想时，我就觉得自己还需要很多锤炼，而生命的学习，还有很长的路要走。"林清玄如是说。

　　林清玄就是这样平凡的人，当人们与他擦肩而过，不会认出他有什么特殊，甚至在他居住乡间的这段时间，从来没人觉得他有什么卓然不群的地方。他去瓷砖工厂看人做瓷砖，别人以为他是工人；他去买水果站在水果摊旁，有人问他："老板，释迦一斤多少钱？"他去市场买青菜，卖菜的人看他穿雨鞋，一把菜便宜他两元；他带孩子到山上放风筝，一个工厂的老板问他："最近是不是失业，要不要到我的工厂做大夜班？"他去河边捡石头，钓鱼的人用闽南语说他："憨猴捡石头。"他去庙里散步，一个老太太好心地劝他说："少年家，不要一天到晚晃荡，要多念阿弥陀佛呀！"……

　　他觉得那样的生命才是安然，是真实地活在众生之中，因此在他的书桌上压了两句话：

欲为诸佛龙象，

先做众生马牛。

——原载《福报》创刊号及《出版情报》三月号